吻过的日子

BEI FENG
WEN GUO DE
RI ZI

木兮 著

陕西新华出版传媒集团
太白文艺出版社

图书在版编目（CIP）数据

被风吻过的日子 / 木兮著 . —西安：太白文艺出版社，2019.9（2023.2）
ISBN 978-7-5513-1716-0

Ⅰ.①被… Ⅱ.①木… Ⅲ.①散文集—中国—当代 Ⅳ.① I267

中国版本图书馆 CIP 数据核字（2019）第 185812 号

被风吻过的日子
BEI FENG WEN GUO DE RIZI

作　　者	木　兮
绘　　画	石硚希
责任编辑	曹　甜
整体设计	設·张洪海
出版发行	陕西新华出版传媒集团 太 白 文 艺 出 版 社
经　　销	新华书店
印　　刷	三河市嵩川印刷有限公司
开　　本	889mm×1194mm 1/32
字　　数	120 千字
印　　张	6.5
版　　次	2019 年 9 月第 1 版
印　　次	2023 年 2 月第 2 次印刷
书　　号	ISBN 978-7-5513-1716-0
定　　价	36.00 元

版权所有 翻印必究
如有印装质量问题，可寄出版社印制部调换
联系电话：029-81206800
出版社地址：西安市曲江新区登高路 1388 号（邮编：710061）
营销中心电话：029-87277748

自　序

　　记得，二〇一六年为了帮同事完成单位当年的新闻发稿任务，不懂新闻的我硬着头皮写了篇散文《槐花飘香》，没想到，几天后，竟然发表于《铁路建设报》。从此，这点火花点燃了我一直封存于心底四十年渴望进入文学神圣殿堂的激情。

　　一晃，经年。

　　比起青涩年轻，我似乎更喜欢现在的自己。纵然容颜不再，纵然芳华渐逝，但比起以往的浮躁浅薄，我更喜欢现在的真实淡然。

　　读过这样一段话："活到一定年龄，忽然就感觉灵魂苏醒，忽然就想要向内求索，忽然就觉得没有比走在熙熙攘攘的人海中更令人寂寞与空虚的了，总感觉众生喧哗，游离不定的灵魂无处安放。"

　　惶恐间，念起北宋词人晏殊《浣溪沙·一曲新词酒一杯》中的诗句："无可奈何花落去，似曾相识燕归来。小园香径独徘徊。"

我的灵魂该安放在哪儿呢？该怎样安放，今生才算不被辜负呢？

低眉徘徊在小径间，循着成长的藤蔓，慢慢寻觅，寻觅着那些珍藏在心灵一角、延续我生命本色的记忆……

命运曾悄无声息又温柔善良地把我安排在一个非常有爱的农户家庭里。注定，我的世界里满满都是泥土、树木、白云、麦浪、溪水、野花、栅栏、牛羊、黄豆、鸡鸭、原野、果园、麦秸垛、锄头、夕阳……

感谢上帝对我的厚爱，赐予我一个懂我疼我的爱人；感谢生命，赐予我一个健康优秀的女儿。注定，我的世界满满都是呵护、尊重、理解、骄傲，还有那些令我感动到落泪的爱。

记得，当我渴望摩天大楼，渴望灯红酒绿，渴望人潮人海，渴望更为热闹的人生大道时，忙碌的我只顾埋头赶路，四十年，忙得两鬓斑白竟浑然不觉。蓦然回首，西风飒飒，冷月无声，孤影一人伫立，不思量，路却已苍然。

我依然寻觅着，努力地寻觅着，慢慢懂得幸福不是要向外寻找，而是要从自己的内心去找，清净那颗被世俗浮躁熏染了的心，慢慢体会自己的世界与人生。

感谢上帝，让走着走着的自己，发现了另外一个真实的自己。虽余年已晚，但手指仍温柔，眼睛仍清澈，心也仍明朗。

烟水繁华，半生浮梦。

当我用文字做针脚，用真情做丝线，把沉淀在生命深处那些无以言说的爱，那些最深的情缘，那些细碎而美好的感动，那些至真至纯的爱，细致真情地重新绣进白云、黄牛、彩霞、青果、麦田中去时，才发现，世界上所有的喜悦、悲伤、痛苦、磨难，甚至死亡都是那么的真实。

懂得，生命最美的感觉，不过是坐在自己的心房一隅，喝一杯岁月的老茶，慢品生命点滴。

为了安顿好这颗已苏醒的灵魂，为了追索真实的内心，二〇一八年，我还是毅然决然地离开了机关，离开了办公室。面对质疑，我只是淡然一笑。

不再年轻的自己啊！只有你知道，你只是想真实地再做一次大地的女儿，想再次像一朵花，像一株草，像一滴晨露一样栖息在草木间，用敬畏生命的心，慢慢去领略爱的真义。

于是，我写下生命中这些稚嫩而真诚的文字。

真诚地只为自己的内心而写。

希望这些撒在草木间、栖息在我柔软绵长心田上的文字，在岁月深处，能与你温暖相遇，相宜静好。

二〇一九年一月二十六日

目录

- 001 花田十亩　静美如诗
- 004 被风吻过的日子
- 010 香染流年
- 013 你，恰似那朵幽莲
- 016 一场灵魂的"芭蕾盛会"
- 021 母亲催我生二胎
- 025 月光如水水如天
- 028 秋风乍起　清梦依依
- 032 那四双破洞的鞋子
- 037 屠苏美酒　醉意心愫
- 041 那片眷宠的阳光
- 044 悠悠寸草心
- 049 恋上唐诗宋词
- 052 仲夏之夜
- 055 绚烂花事四月天
- 060 一卷纯净的光阴
- 064 青青麦田
- 068 秋的火焰
- 073 柿子红了
- 079 母亲的扁担
- 084 五月的甜瓜
- 093 在南湖湖畔
- 098 一个如花的笑

103　槐花飘香

106　请允许我骄傲会儿,再骄傲一会儿……

112　躺在诗意的光阴里安静会儿

115　阳光下的优雅

120　我想把你娶回家

123　走进《论语》

125　柳绽鹅黄惹春燕

128　国庆,那些记忆的音符

133　初夏的香水味

135　爱的回味

138　爱情,也许不是全部

141　一个"疯"女人的故事

144　有一点心动

147　芳华似水忆春节

152　千年白狐

156　未来路很长,妈妈陪你慢慢走

159　仰望平凡

162　从此沧海水,从此巫山云

167　书在,我在,春天就在

170　爆竹一声春梦晓　沉香亭北牡丹开

174　六月风

180　当时只道是寻常

185　桃花灼灼,为谁开?

189　温柔的泥土

194　星星的孩子

花田十亩 静美如诗

剪掉落肩枯黄的发梢，慵懒柔软的鬈发立马俏皮妩媚活泼了起来，乱蓬蓬地亲昵抚摩着我的耳背、脖颈，痒痒的，腻腻的，轻轻的。

对着镜子，涂了润润的口红，描了淡淡的青眉。穿上新买的纯色素蓝金丝绒旗袍，纤细的脖颈间盘旋扭结而成的花扣两两相合。外搭束腰过膝的黑色羽绒服。低眉，开衩的裙摆在羽绒服下若隐若现，诗情浪漫，内敛不争。看着镜中的自己，婉约，静美，我若有所思地笑了笑。

独自一人静静赴约。

偌大的朝阳公园，了无一人。中午十二点，早晨那些晨练的、跳舞的、唱歌的、奏乐的、路过的人儿，吃饭的吃饭，午休的午休。

把喧闹的歌声、闹声、喊声、纠缠声都还给了人潮人海，还给了世界。

仅剩我一人，寻觅，寻觅着那一片诗情画意……

世俗把我一人丢在这个悠长而又寂寥的、有着鹅卵石的窄小的牡丹园的小径上。

太阳红红的，红得像秋日的枫叶；太阳暖暖的，暖得心窝也热热的。太阳娴静又肆意地把柔和的光束慷慨欢快地抛洒于大地宽厚的胸膛，我不敢抬头仰望，也不奢求被照出妩媚的影子。

只是静静地漫步于衰草低伏的土地上，或在阳光中半蹲着，看那只叫不上名的鸟雀在干枯的牡丹园的草影里跳跃觅食。

看那棵纹理清晰的老树，落光了叶子，还依旧那么筋骨遒劲，把光秃的枯枝锐不可当地伸向碧蓝的苍穹。

看缺少春雨浇灌而枯萎的牡丹和玫瑰，仍然守着年华朝夕更迭的岁寒，默然恬静地装扮着自己垂暮荒芜的岁月。

看不远处那片银杏林，前几日还是林海茫茫，远远望去，一片金色的彩霞，满树的黄金甲都随季节一同汇入了时光的海洋，失了踪迹，一时难掩苍凉悲壮。但在今天这难得的湛蓝透亮的天气里，失去美丽光环的银杏树，又被阳光勾勒出帅气坦荡的轮廓，裸露出亘古的宁静与庄严，又有着撩人心魄的别样的美。

与瘦枝疏叶重叠了无数光影后，意兴盎然，来到结有薄冰的湖畔。几只颜色亮丽的鸟儿衔着清澈的天籁之音，在光秃的林梢间跳跃，一径曲幽，声声鸟鸣，朴素的日子似乎更透亮了、明媚了，也更浪漫了。

恍惚间有暗香扑鼻盈袖。

原是一枝遒劲细挑的倩影斜横在清浅的湖水中，光影浮动，摇曳生姿，与我轻盈相视，含波带情，宁静相依。

"疏影横斜水清浅，暗香浮动月黄昏。"恍惚中，我仿佛望见和靖先生就在对面，他已走出那间斜斜的，仿佛风一吹就破、雨一淋就漏的茅屋，站在梅花树下静静体味着梅花的暗香。

和靖先生是以梅为妻、以鹤为子的北宋诗人林逋。他恬淡好古，终身不仕，终身不娶。梅，于先生而言，是晨起暮寝的枕边温香，是茶余饭后的对坐清香，更是月上蕉窗的庭中暗香。

这枝冷傲高洁的梅，你可知晓和靖先生对你的一片痴心？

一份爱，百种千般怜惜。

一份情，千回百转疼爱。

一份痴，一生一世珍藏。

这时，才知道大自然里充满了诗意。大自然本身就是一位神清骨秀、淡香而幽远的诗人，也是一位能心生水泽、清澈自喜，能眼生云朵、舒卷自如的诗人……

这时，才知道自己也是位诗人，一位能把干枯落叶宠成大地羽毛，能把心变成十亩花田，撒满百花种子的诗人。

被风吻过的日子

七月的一天,我回了趟老家。

我固执地绕过宽敞的水泥路,欣然走在那条被岁月冲刷得清亮的小土路上。只因,这里有我如水般甜蜜的记忆。

一把生锈的铁锁,牢牢地锁着老屋的春夏秋冬,却怎么也锁不住,那颗被风吻过的思绪如潮的心。

站在这里,一遍又一遍地看着锈迹斑驳、沧桑颓废的土墙;片片剥落残破不堪的黑瓦木门;被尘土覆盖、蛛网纵横缠绕却依然看得见"五好家庭"字样的红闪闪的牌子,眼眸里闪烁着晶莹的泪光。

一遍又一遍伸手,轻触露天石礅上那些被岁月长河中的雨雪亲吻无数次而留下的大小不一、一洼一洼的吻迹;抚摸那棵躯干虬曲苍劲、树冠青翠欲滴,犹如锦绣的伞的老槐树,抚摸那些密密麻麻缠满了岁月痕迹的皱纹。那一刻,一股暖流,在掌心无限蔓延,那些沉淀着故事的瘢痕,落在指尖,却,生生发疼。

捡起脚下一根枯枝,轻轻转动,如仓央嘉措手中的转经筒:

那一月，我摇动所有的转经筒，不为超度，只为触摸你的指尖。

那一年，我磕长头匍匐在山路，不为觐见，只为贴着你的温暖。

那一世，我转山转水转佛塔，不为修来生，只为途中与你相见。

这一天，我轻摇转经筒，不为满枝沁香的槐花，只为你被槐花吻过的气息。

仿佛，只要轻叩柴门，便能听见祖母喊我回家吃饭的轻细悠扬的声音；仿佛，只要轻踏门槛，就能听见母亲在有着星星的庭院里给我洗澡时，从大铁盆中发出的"嘻嘻……咯咯……"的童声。这些声音，如泉涌般，淹没我的心灵。

在这些时间残留下的如烟往事里，仍然能感觉到一些炽热的妩媚。被岁月洗涤过的似沙的回忆里，仍然可以抚摸到细密的柔软。

一种朴素、奇妙、具有魔力的柔情，便从那生锈的锁芯不断地跳跃，溅起一朵朵水花，飞溅到我的脚脖上，亲昵我的鼻尖，清澈我的双眼，抚摸我的心扉……

回头，又看见，天堂的祖母回到了这带着甜蜜体香的木屋前，坐在那棵柿子树下乘凉，柔美，安详；侧耳，又听见和哥哥在苍穹下躲猫猫的嬉笑声，清澈，回荡……

残阳，还是那一抹残阳！落了又起，起了又落。只是，纯朴善良的祖母，就似乎在这起落之间，一下子，没了。

故事中的有些人、有些事，已随风而去了。今生，都不会再出现了，哪怕短暂的一秒钟。月亮一直未熄灭。只是，它并不知道，它的火焰，有时也会像钢针一样，刺痛我的心。

转身，轻吸一口气，一切恍如昨日。

心，沧桑又温暖，疼痛又甜蜜。

转身离开时，和一个手捧新鲜蔬菜的小姑娘撞了个满怀。她，眼睛水灵，肌肤雪白，乖巧伶俐，讨人喜欢，在我和她弯腰捡起落地的辣椒时，我颤抖的心，完成了灵魂交换的使命。

那些散落在阡陌大地草木间的灵魂也都复活了。

朝晕早已穿透窗棂，赖床的我透过一米宽的窗棂旁黑黢黢的清亮的瓦片，望瓦蓝的天空，还有那如妙龄女郎在天空甩袖轻舞的轻纱薄云。偶尔横飞几只黑燕撞到窗前，叫我快快起床。

母亲早已生火、烧水、煮饭，婀娜的炊烟在后院的椿树、槐树、桐树的树叶间隙飘舞升腾。

院子中，麻雀悠扬地歌唱，大红鸡冠的公鸡咕咕地叫着。燕子悄悄地飞来掠去。羊儿伸着粉红色的舌头咩咩地嚼着青草。阿黄摇晃着尾巴，极力想得到我一个拥抱，哼哼唧唧地尾随着我，跑前跑后。

祖母说我腿脚最勤快，眼睛最水灵，手指最灵巧，摘的菜也最好吃。我常欢快地戴着祖母为我特制的高高的"二尺五"帽子。当我挎上西瓜大小摘菜专用的小竹笼时，机灵调皮的阿黄早已奔跑在去往南村口的街巷里了。

空气中弥漫着各种或浓郁或清淡的烟火味。出了村口，就是一畦一畦一人高的玉米，青青翠翠，挤挤簇簇，辽阔壮美。

一位本家阿婆坐在自家门口的树荫下，正低头认真地一颗一颗地剥着一簸箕的绿豆，晶莹墨绿的豆子在她粗糙的手指下利索地分开。白的、红的、黑的几只公鸡母鸡伸直了脖子，斜歪着脑袋，在满地的绿豆皮上左一啄，右一蹭，把虫子吃个精光。不远处的小鸡也会扑棱着翅膀，飞快地奔跑过来，分享它们留下的"残羹冷炙"。

一位低矮肥胖的女人正蓬着头，扯着大嗓门，疯了般地拉扯着一个又黑又瘦的男人，追问她包里的一百元去了哪里。

没人劝架，也没人围观。

只有阿黄扭动着柔软油亮的腰身，跳跃着汪汪几声，竖耳细听，前去凑热闹。一头红色小牛犊，跟在妈妈的身后，昂着头，慢慢悠悠拖着长长的调子哞了一声。井口挑水的女人一个趔趄，悬挂半空的水桶在钢丝井绳的摇晃下，溅出清亮透明的水珠，被朝霞染得像一颗颗、一串串的红宝石，光芒四射。

阿婆只是和蔼可亲地笑着，不言语。手中的豆子啪啪直响，四处乱蹦。她明智地选择沉默，不掺和小夫妻间的事。

再往前走，在一片望不到头的青翠的田地里，隐隐看见有鲜红的西红柿,亮紫的茄子,嫩绿的长豇豆……那就是我家的菜地了。

这是一块被母亲从一整块玉米地里辟出来的只有两分地的菜园。地头是一条一尺宽的小水渠,两边乱长着各种野草,清凌凌的水下,光滑如绸缎的细泥里,有游动的小蝌蚪,也有深扎在泥土里可吃的甜根草。水是从十米远处的水泵里抽出来的。水泵不分昼夜地咆哮着,卷出一大股一大股雪白的浪花,细细舔着清冽平滑的水渠中的细草和蝌蚪。

我常把脚丫伸进浪花的底端,浪花一阵阵扑打过来,凉凉的,柔柔的,很是舒服。阿黄常学着我的样子,徜徉在清澈的浪花里,一边翻滚,一边被飞扬的浪花拍打着。在水中,它迷醉的样子,很是可爱。有时,酣畅的它也会搅起一团浑水,弄得眼睛、鼻子、尾巴上都是泥巴,脏兮兮的。

每次摘豆角时,我都小心翼翼,怕弄掉了那朵朵淡紫色的花。它们像柔嫩的船儿藏在翠绿的叶片间。

最让人兴奋的就是南瓜,它宽大的叶子总是顺着藤蔓无拘无束地满地扯着,黄黄的、嫩嫩的状如喇叭的花下长出一个圆圆绿绿的小南瓜来。因为它太爱疯玩,经常窜到别人家的菜地中。为了找到它,我常像在苍茫山林中打猎的猎人,全神贯注。当然,也会怕别人误会,说我偷摘他们的蔬菜。我又常举着它像战利品一样炫功,强忍提捏着它的枝蔓拖回自家地盘的冲动做好标记,记着那朵小黄花,以便下次再搜索……

还没把一个清晨，依偎成一行诗，只在一个路口，拐了一个弯，就又遇到了黄昏中那个小姑娘。我痴痴地望着她，但她，还是收回了那个简单稚嫩的灵魂。

我越来越看不清自己，时间的痕迹却是如此清冽，又如此混沌。

我们没有破坏那个锈了锁芯的铁锁，祖母带我穿墙而入，邀请我在月色下，对酒当歌，畅吃一顿祖母用月色煮的酒和菜。

今夜，酣醉的我，清醒又糊涂地想陪她睡在草木间。

这一夜，也许，我听了一宿梵唱，不为参悟，只为寻你的一丝气息，只为寻找那些被风吻过的绵长点滴……

香染流年

女女,起床了。

妈妈愿你的美,如夏花,绚丽而灿烂!

妈妈愿你的美,如星火,浩瀚而辽远!

妈妈愿每天分享你优异成绩里的每一份努力和喜悦!

妈妈愿今天的你、我,都如初夏的阳光,温暖舒适而美好。

闺女听着温柔甜蜜的起床曲,带着微笑和希望起床了,开始了独立而有收获的一天。

同事视我为犀利的"精神巨人",领导视我为朝气蓬勃"独一无二"的个体,朋友视我为一碗营养的"心灵鸡汤"……

听着这些特别的小绰号,我不由得暗自偷乐又试图努力争辩。其实我什么也不是,我仅仅是我,一个喜欢真切、欢喜、热爱、感知生活本真的自己。我只是把每一天当成了生命中的最后一天来珍惜,珍惜每一分、每一秒;只是视珍惜时间为一种思想,一种渗透到我平日点滴生活的家庭观念。只是删繁从简,只是滤痛思甜,只是每天欣赏自己的同时,更多地欣赏别人和身边的每一处风景。

现在回味那些已经化为文字的点滴生活，嘴角还是会微微上扬，还会眉开眼笑，还会心醉神迷。

2014年10月26日，晴。

秋天的风景，别样绚烂、繁盛。庆幸自己送闺女去绘画班后，还可以见缝插针忙里偷闲，用一双清澈的眼睛，看世间秋画如染，赏人间秋景繁华。欣慰自己在再纷繁的日子里都不曾失去心上那份怡静和恬雅。枫叶红透的深秋，置身公园长长的藤椅上，享受暖暖的阳光，欣赏跳舞娱乐的人儿，感叹生活如此静美。安静地品读自己，简简单单地以文写心，笔耕岁月里沉淀的这些零零碎碎，感觉都是别样的美。

2015年5月6日，晴。

"女子，想吃菜随时来摘啊！"每次散步经过此地，都能听到王叔这句温暖的呼唤。王叔，我们单位退休职工。他沉默寡言、朴实厚道、善良可亲，喜欢在这厚实的黑土地上精心折腾他的"快乐园"。王叔的脸上总是笑眯眯的，洋溢着对我们每个过路人的暖意：吃菜就来摘啊！这种的哪是蔬菜啊，分明是一种快乐！看着这片绿得养眼、红得诱人的小菜园，忽想起陶渊明的"采菊东篱下，悠然见南山"。悠闲自得的意境在我眼前渐显渐隐地幻化着，直到物我两相忘。那些凡尘琐事，那些名利束缚，忧它又有何意义呢？暮年之际，能有这样一片田园诗意的好去处，年复一年亲手迎接一个个鲜活的生命从稚嫩到成熟，难道不是人间仙境的生活吗？王叔可真是要感谢上苍的眷顾！

2016 年 5 月 10 日，晴。

我们办公室窗台的茉莉花开了。细细的枝丫上由一朵慢慢竞放成了四朵，洁白娇嫩，楚楚动人，花香弥漫小屋，虽不浓郁，但很清雅，我心欢喜。看到盆中昨晚悄无声息凋落的小花瓣，又难免怜惜。再看看小枝叶最高处刚刚冒出尖尖的小花苞，心中又充满希望。同事寄养的虎皮兰青翠挺拔，从土里也热闹地钻出了新嫩叶，窄窄的、嫩嫩的、绿绿的，在阳光雨露下慢慢舒展开来。用心感受生命的轮回，静观花开花谢，感受这份纯净之美，让工作的每一天都带着希望和善意，朝气蓬勃。

翻开回味那些组成生命点滴的生活记忆，都是那么醇美香甜！

天可补，海可填，南山可移。日月既往，不可复追。只想每一天都能与时光握手言和，将风景化为文字存放于心间，让心情慢慢舒展，沉淀，温润记忆，温柔岁月，香染流年！

你，恰似那朵幽莲

盛夏午后，一场滂沱大雨酣畅地洗却了小城的暑意。马路被冲洗得干干净净，自己一身尘埃也被洗涤得荡然无存，就连细风也在层叠的花香中欢舞。我被空气中弥漫的清新湿润的荷花香催化着，魂牵梦萦，再也按捺不住了，拎起包带着闺女便去了渭河边的千亩荷塘。

远远望去，碧蓝如洗的天空下，圆润碧绿的荷叶挨挨挤挤，如一层层绿波，一碧千里。那些胭脂红、橄榄黄、丁香紫、珍珠白……姹紫嫣红的花朵点缀着每一片荷叶。瞬间，我的世界变得纯粹安静，仿佛只剩下那满目苍翠的荷叶和那缕缕疏淡清逸的幽幽清香……

哇！这满池的荷花简直是太美了！

闺女飞扬着笑脸，舞动着脚步，激动与快乐涌动于她的心田，空中不时荡漾着闺女的阵阵回声："妈——妈——我要用细腻丰富的彩铅，画这朵玫瑰色的荷花；用浑厚柔润的水粉，画那朵乳白色的荷花；还要用严整的工笔，画远处那朵紫水晶色的荷花……"

亭亭玉立的荷花在夏日的骄阳里竞相盛开，迷人的水韵，醉人的荷香，形成渭河边上一道亮丽独特的风景，前来观赏的游人络绎不绝。

碧绿的荷叶，像一个个肥硕的大圆盘，绿汪汪一片，密密麻麻的叶子中间托着亭亭玉立的荷花，如绿纱托着红缎，摇曳多姿，又如无数个舞姿闲婉柔靡的芭蕾少女，灵动跳跃，裙摆飘逸，痴迷而缠绵于晚霞中。微风绕耳，湖面上泛起层层细浪，那边大片大片的水莲如碧绿翡翠，伴着跳跃的阳光，闪烁着迷人的光泽。这些轻盈舞动的荷花不正犹如在湖面上戏水的小天鹅吗？

美丽的晚霞点染了蔚蓝的天空，太阳仿佛镶了一道金边儿，金光闪闪，灿烂斑斓。一枝枝青春的狗尾草摇摆着头唱起了歌儿，池边霞光辉映。我静静地享受着这满池的荷花，忘记了时间，忘记了地点，也忘记了自己是谁，感觉一切像童话一般精致，又像梦境一般绚烂。

享受这至乐、至美、至空、至灵的境界。亲爱的，你难道仅仅是喜欢荷花的风姿绰约吗？你难道不正是迷恋它冰清玉洁、坚贞不拔的情操吗？

你不求浓艳，却拥有平凡的圣洁；你不求荣华，却拥有最鲜活的美丽内质；你不求辉煌，却默守珍惜平日点滴的幸福；你宁可自我欣赏自我激扬，也不会为了那一池污水而污染了自己！

生活中，你不是最喜欢莲的"出淤泥而不染，濯清涟而不妖"吗？这不正是最具尊严的人格吗？你，用胸中的浩然正气丰盈着自己的人生，这种原则，这种信仰，不正如莲一样闪烁着阳刚与魅力、坚韧与独立吗？

看着不远处嬉戏赏花的闺女，希望她能懂花，将心栖息在爱自己的田地里，即使不肥沃，也要努力坚持做最好的自己。更希望闺女能像荷花一样，在污浊的环境中仍能洁身自好，追求自由理想不受世俗羁绊，独立自主地生活。

静坐荷塘边，视野不断地慢慢扩展，思绪也不断地慢慢延伸。只愿，此生如莲，净心素雅，不污不垢，淡看浮华。

一场灵魂的"芭蕾盛会"

指尖划出令人痴迷的弧线,修长的双腿灵动地跳跃着,飘逸的白裙在灯光照耀下泛着金色的光,如同浩瀚的星空,那么璀璨、神秘、迷人……婷婷袅袅的脚尖旋转着,把我带入了那梦幻般的艺术境界……

8月3日至6日,在中铁一局集团天语凯莱五楼报告大厅,举办了新闻宣传骨干通讯培训班,我很荣幸能成为培训班的一员。各位老师,各位灵魂艺术家,各位精神领舞者神奇的魔力,点燃了我灵魂的火焰,让我一次又一次在精神阶梯上不断地攀登。

与其说是一次受益匪浅的培训,不如说是一场灵魂的"芭蕾盛会"。

《中国中铁》总编辑程建伟老师在《如何走出新闻写作的误区》中写道:"一篇好的文章主题一定是鲜明的,立意一定是新颖的,人们的感受一定也是耳目一新的。"

在每周两千份左右来稿中,在繁重的工作面前,感觉老师不只是在工作,更像是"鹰击长空"快速捕猎能让他内心翻腾不已的精湛艺术品。

文章必须"立足全局，挖掘亮点，以独特的视角和眼光去捕捉提炼'有价值'的新闻"，程老师说。

中铁一局党委宣传部杨峰在开班仪式上传达中铁一局下半年工作会精神时，要求全员讲政治，有民族精神，希望我们用笔尖去创新，用镜头锁定一线员工，用坚定的信仰讲好一局的每一个故事，争做一局辉煌的创造者。

此时，我深刻地感受到来自心灵深处的呼唤，我必须捕捉灵魂的动感来雕刻文字。

展开心灵的翅膀，用闲婉柔靡的芭蕾舞姿，舞出纯白清透的荡漾之情。

之前，在《铁路建设报》微信平台上欣赏学习过贺钢老师的诗歌，今天，四个小时的精彩授课让我过足了瘾。

贺老师用大量的原稿和修改稿做对比，幽默、风趣地给我们详细地讲解文字的魅力，足以证明他对工作的敬畏和对文字的苛刻。

讲到文章结构时，贺老师要求构思一定要巧"妙"，主题是灵魂，事例是血肉，结构是骨架，重点讲了如何才能"妙"，怎样才能做到"妙"。

丰满而不美妙，不取；美妙而不丰满，亦不取。

这种对存在意义的深刻探求，对生活信仰宗教般的虔诚和对人生哲理的激情思索，让我再次闻到一股浓郁的花香，不由得脚尖踮起，优雅地旋转起来。

一位优雅迷人、爽朗爱笑的美女出现在我眼前。她就是

《工人日报》高级记者李元程老师。她睿智成熟、高雅端庄的气息紧紧地包裹着我,像一道道灿烂的阳光直射到我心里。

　　当李老师讲到《铁魂》时,异常地神采飞扬,无比骄傲自豪。讲述了她参加中宣部组织的"全国重大典型宣传"报道时,与全国三十七家中央媒体五十六位记者同时采访。她不忘组织交付的重任,牢记肩负的责任使命,但由于采访者众多,她压根儿没有单独采访的时间。

　　晚上躺在床上辗转难眠,焦急啊! 没有想要的素材,也抓不到两颗心碰撞的火花,怎么办啊?

　　坚定的信念让她必须千方百计去划破黎明前黑暗的那片苍穹。终于有了车上短暂的两个小时,她欣喜若狂,成功的橄榄枝已经悄悄地向她伸出。

　　她用女性特有的细腻、温柔捕捉热血钢铁男儿身上那些隐藏的闪光点。最终把"情"和"魂"用文字表达出来,打动人心。她把百年峥嵘的铁路精神表达得淋漓尽致,令我们无不赞叹,在全国职工群众中引起了较大的反响。

　　这种用生命和灵魂的信念去打造作品的精神,又一次打动了我。轻抖着白纱,轻盈优雅地伸手顿足,用心留住美妙的时光。

　　摄影,在平日生活中,出去游玩时我也会拍照,但都是最浅显的生活照,更谈不上任何技术含量和审美价值。

　　认真聆听了中国摄影家协会副主席李树峰老师深奥精彩的授课后,震撼无比!

为了拍一张有价值的照片，热血沸腾的他开启了一场说走就走的旅行，背起相机，奔向祖国的大海江河，驻扎施工一线，挑战大漠残阳，夜守蜿蜒盘旋的山岭，静观明月荷花池……尽情地展现大千世界的丽影。

四个小时的授课，有大量的理论知识，有珍贵的历史瞬间，有灼伤我们眼球的生活美景……感觉整个世界都被渲染沸腾了。

那种如痴如醉的热爱已渗入他的血液里。深奥的理论知识我不懂，但，有一点我是深刻地懂得了："心灵之光与自然之光完美地结合，心灵深处和生活深处糅在一起"，才是摄影的前提。

如此美妙，如此奇异，艺术大师只有经过灵魂的痛苦折磨和冒险，才能把精华从宇宙的混沌中塑造出来。

我，像云一样轻柔地跳跃、滑步，用芭蕾特有的语言静静地狂欢着。

一曲悠扬婉转的古典音乐后，我们迎来了吴烨老师"副刊与文艺写作"的讲座。

温婉细腻、才华出众的吴老师通过优美的文字给我们概括了散文的三大特点：形散而神不散、意境深邃、语言优美凝练。

常拜读吴老师的美文，从文字中可以感受到老师那颗纯净唯美的心。他对生活充满激情，纯粹中流淌着一种优雅，优雅背后又蕴藏着深厚的张力。老师忘情地把现实时空化为心灵时空，尽情地纵横驰骋。

经常阅读或写作散文，不但可以丰富知识，开阔眼界，还可以培养高尚的思想情操。散文因富有诗意的情趣和美妙的幻想，更能激发我们对生活、对工作的热爱。

当然，也没有错过其他老师的精彩讲座，课程丰富的内涵告诉我们，只有站在人生感悟之顶点，才可以欣赏最美丽、最壮观、最绚烂、最辉煌的人生画卷。

颤动的灵魂告诉我，一定要以坚定的信念和铁魂般的精神为我们企业做出应有的贡献，一定要以更加饱满的热情热爱生活！

一缕花香，飘溢在我灵魂四周，指尖再次划出那令人痴迷的弧线……

母亲催我生二胎

"这是我闺女,那个是我外孙女。你看,长得多高,比她妈妈还要高一头呢!"又特意补充一句,"就这么一个姑娘。"母亲幽怨又自豪地给邻床的阿姨说。

前些日子,母亲因身体不适住进了医院。

那天,空中没有一丝云彩,火辣辣的太阳炙烤着大地,仿佛一星点火花都能引爆整个地球似的,高温橙色预警继续拉响。

一个闷热的早晨,猛然间,母亲面色苍白,恶心呕吐,两腿发软,天昏地暗,眼看着她靠墙顺势慢慢瘫软了下去,我赶快绕过沙发冲了过去。细密的汗珠从母亲额头渗出,顺着那布满皱纹的脸颊缓缓流下,我连忙用胳膊临时给母亲搭了个枕头。

"妈,你怎么了?别吓我啊!"我的心一下子提到了嗓子眼,惊慌失措。

"没……事……"母亲大口大口喘着气,费尽力气声音沙哑地说。

九十斤的我怎么也扶不动体重一百四十斤的母亲,闺女也慌乱地端了杯水过来。看着那一丝丝掺杂在黑发中的白发、那一条条逐日增深的皱纹，看着那张经过沧桑岁月的脸庞，此刻，感觉母亲像个婴儿似的躺在我怀中，一小口一小口小心翼翼地吮吸着杯中的水。我不由得惊愕，这就是我心目中那个永不知疲倦昼夜操劳的母亲吗？这就是那个永不知劳累在厨房为家人煎炸蒸煮的母亲吗？这就是那个永不怕刺骨寒风用坚实的臂弯给我温暖怀抱的母亲吗？

我泪如涌泉，几度哽咽。我抑制住欲夺眶而出的眼泪安慰母亲："妈，不怕啊，有我在呢。"

半个小时休息好转后，母亲突然说道："趁我还能给你帮忙带，你赶快生个二胎吧。"

我，哭笑不得。

"妈，有你这么玩的吗？刚带我坐'过山车'就为了让我生二胎啊？你现在都是'泥菩萨过河'了，还给我帮忙呢！"

费尽周折去了中心医院，一个人搀扶着稍有好转的母亲，在偌大医院的大厅找了个椅子坐下，便去排队、挂号，瘦弱的我瞬间被淹没在长长的队伍中，也瞅不见满脸忧愁的母亲。

内科大夫听了我的叙述后建议去拍个片子，再做个B超，然后才可以诊断。于是我带着母亲又穿梭于被各种疾病折磨的人群，到另外一个窗口排队做检查，母亲欲言又止。一个小时漫长的忐忑的等待后，大夫又说："你还得再去挂个骨科的号。"安顿好母亲我又重新上演一遍交费、排队、挂号、检查等流程。骨科大夫详细地检查后说："必须做个CT，看看腰间是否有增生。"期待的眼神化作了我"超人"的力量，我像个"小宇宙"似的，手拿各种票据又穿梭于医院东西南北各个楼层，趁着等骨科CT的间隙，又去取药窗口排队取内科的药物，再返回去排队等候骨科的结果。

"要是我再有个姑娘，你就不用这么累了。"母亲长时间地凝视着我，眼中流露出无比的疼爱。

"生个二胎吧，听妈的话。"

"别逗了，生了二胎，我哪有时间去照顾你啊！"

母亲不会讲那些煽情的话，只是坚定地重复着那句"你生个二胎吧"。

万爱千恩百苦，疼我最是父母。

母女血脉相通，操劳一生的母亲，在自己白发苍苍、疾病缠身的迟暮之年，仍念念不忘为她的"小公主"的将来做打算。母亲不是为了自己能同时享受几份子女的孝敬，而是心疼我一个人"憔悴不堪"地为她忙碌着，更是担心我的下半生因无更多的人照顾而遭罪。

在母亲自我矛盾自我纠结的观念里，流露的却是对我的无限的浓浓的爱。

"我们的社会很发达，养老体系也很全面，你不用为我担心，安心养好自己的身体就已经是为我分忧了。"

脑供血不足需住院，母亲不忍心我在暑气熏蒸的天气里奔波于家、单位、医院，执意要回老家的县城治疗。

母亲想我的那个晚上，我的手机响了，是个陌生号，没接；没隔两秒钟，又是同一个陌生号，接通后，手机里却传出了熟悉的声音。母亲用"洪荒之力"喊着我的名字，生怕我不知道打电话的是她。母亲真是老了，变得孩子般缠人，五分钟前不是刚和她通过电话吗？

"妈，你太了不起了，你竟然能记住我的号码！"母亲借用同室病友的手机，艰难而神奇地摁着十一个毫无规律的阿拉伯数字。再次惊叹有母亲的地方就会有奇迹，我的笑声泪影中融入了浓郁缠绵的母爱。

在这个世界上，有无数个号码，唯独刻在母亲脑海中的是我的电话号码。这么多年，为了母亲一直不敢换号，也不敢拨动母亲找不到我而焦虑的那根心弦。

接母亲出院的那天，母亲又说："你可要记得生个二胎啊！"母女俩对视咯咯地笑了……

月光如水水如天

今夜,熄了灯火,独自坐在阳台倚窗的藤椅上,抬头静静地仰望星空,如水的月光从落地的窗户斜泻下来,寂静地笼罩着我。藤架上纤细柔美的绿萝,在我身上也幻出婀娜多姿的倩影,和我呢喃缠绵。

月色弥漫,心随波动,袅袅荡漾,幽梦轻盈。

同来望月人何处?风景依稀似去年。

思念撞击落满尘埃的心窗,惊起尘埃纷纷。我将一帘幽梦,抛向忧思的枝头,嫣然一笑,月光已把点滴的思念酿成一缕缕诗意的烟火,温婉在我岁月的深处。

儿时,奶奶房间的半空中,有一个细细长长的铁钩,铁钩上面挂着一个竹编的小篮子,篮子里装满了各种好吃的,篮子上面还盖有一个大大的方块花布。每当窗棂的风吹动那块花布时,我就不由得望眼欲穿,垂涎三尺,眼睛直勾勾地盯着那个魂牵梦绕、充满诱惑的小篮子。我等不到奶奶说"明天就是中秋节",便开始一哭二闹三撒娇。奶奶纵容着我的胡搅蛮缠,家里唯一掌控触动篮子权力的奶奶就会挪来一个高一点的凳子,并嘱咐我去一边半掩着房门一边放哨,生怕外面贪玩的哥哥看见,然后悄悄地从篮子里取出一包东西。我的小心脏就怦怦怦跳得欢欣怡悦。奶奶慢慢地解开那根纵横交缠很多次的粗麻绳,轻轻地打开一层一层还渗着油渍的褐色油皮纸,再小心翼翼地取出一块起皮掉酥的小月饼,右手提捏左手托着递给我。圆圆的小月饼上涂抹着一朵清新而鲜明的小红花,我猫着腰狼吞虎咽地咬着清香浓郁、香软可口的小月饼,丝丝的甜蜜荡漾在心中。

季节轮回,岁月蹉跎。转眼间,人生进入了秋。年年岁岁人已去,岁岁年年月照明,不经意间度过了多少个中秋。

静静的夜,淡淡的月,单曲循环播放着邓丽君那首经典老歌——《月亮代表我的心》,几分凄凉,几分委婉。喜欢心静如水的感觉,更喜欢在这如水的月光中思绪万千,回味沉淀在岁月长河里的那几分依恋、几次回眸。秋风萧瑟,情随心动,只是感慨再也回不到那些遥远而美好的往昔时光,此时的月光也时不时地流露出点点的忧郁和伤感。

回想暑假带闺女去电影院看火爆上映的《大鱼海棠》,开幕就是对生命的探究:"我从哪里来?我要去哪里?"

是的,生命本没名字,你是,我也是。

"人有悲欢离合,月有阴晴圆缺,此事古难全。"

换一个角度、换一种心情去生活。对啊!我珍惜上帝赐予我的每一个太阳初升的早晨,也没有"子欲养而亲不待"的懊悔……在自我消化自我调节中,性情在自然的变迁与明媚的月光中慢慢变得轻松柔软起来。

也许，人生就应该是一场无可避免的远走。生命，最终都会离开，都会消失，只有真的明白并懂得了失去和离别，才能够真的明白什么是得到和拥有。当一切静静走远的时候，才不会太伤情，太难过。认识了生命无常，才能从容生活。

"海上生明月，天涯共此时。"相信天堂的奶奶此时也和我一样静享美好时光。

一缕茶香，幸福浸满心中，无声的氤氲，流溢出淡淡的韵致，默守人间亲情。

月亮美好的轮廓和迷迷蒙蒙的光晕依然楚楚动人，如水的月光穿越落地窗，遗漏一地闪闪烁烁的碎玉，那么静，那么美。

秋风乍起　清梦依依

天高了，地远了……

风轻了，云淡了……

我，收到了秋的信笺。周末清晨，一路踏歌来到离市区最近的景区少华山，感受"秋风起兮白云飞，草木黄落兮雁南归"的斑斓景色。

来到山脚下，晨曦初露，秋风乍起，天空分外的蓝。朵朵白云，轻舒漫卷，像轻纱一样在蓝天上飘荡。群山也像含羞的少女，若隐若现，远看连绵起伏，犹如大海掀动波澜，呈现出密匝匝的绿色波峰、浪谷。满眼都是苍翠欲滴的浓绿，还未来得及散尽的雾气像淡雅的轻纱，一缕缕缠绕在山腰间。

蓝蓝的天，白白的云，来时萦绕在心头的忧愁也被彻底地洗刷掉，抛到了九霄云外。

随着游客一路前行，沿着这条灰白的小石板路，曲折蜿蜒地走向大山深处，暂把所有的纷乱烦恼都阻挡在红尘之外。路旁的小溪叮叮咚咚，时而宽时而窄，时而跌宕起伏时而静静缓流。时而大时而小的流水声，潺潺的、细细的，衬着两岸有点枯黄的野草和一簇簇无名的小黄花，显得那么动听，那么悠扬。溪水总是恬静地缓缓地流淌，偶尔也会溅起小小浪花。泉水日夜不息地从山缝中渗出，涓涓滴滴，汇成细小的清流，从乱石中穿过，又从山崖间跌落，弯弯曲曲，流淌在杂草和荆棘丛生的岩石间……清新湿润的空气滋润着我的喉咙，淙淙溪水伴我快乐前行。

我兴奋极了，小心翼翼坐到溪边的石头上，顿觉清凉透彻。水底的鹅卵石历历可数，岸边的小树和我一同倒映在溪水中，波光盈盈，煞是可爱。

凉爽的山风，沿着幽深的山谷吹来，带着露水和草木的清香，我不由得深呼吸。继续前行，绿草茵茵，山花烂漫，路边低矮的灌木丛和一些不知名的草药都悄悄地藏匿在黄绿相间的草丛中。

窄小的山路旁，时不时会看到一些瘦弱弯曲的细藤蔓，虽不及热带雨林的藤条粗壮柔韧，但一条条细小的藤蔓依偎着缠绕在一棵较粗的藤条上，再拥抱着同心协力向上的姿态，也是别有一番风趣。

空中，叠翠千丈，遮天蔽日；地面，落叶满地，树藤缠绕；地下，盘根交错，须根如网。清风，像是穿着一层薄如蝉翼的七色凉衫，把赤、橙、黄、绿、青、蓝、紫一往情深地撒向万物。苍翠的绿色掺杂着妩媚的黄色，秋风踮起脚尖掠过树梢，又晕染了几片红叶，三种颜色高高低低地混合在一起，相映成趣，真是美极了！

阳光被层层叠叠的树叶过滤，遗漏在地上变成了淡淡的、圆圆的、轻轻摇曳的光晕，又像繁星闪闪烁烁，无数的光芒有些刺眼，却十分晶莹美丽，透着不可捉摸的静谧。

天空现出柔和的光，澄清又缥缈。

累了，就和同行的新伙伴坐在路边的小石凳上稍做休息，细听密林野草间婉转的虫鸣声，心，也随着清幽灵动起来。听，一只蜜蜂鼓动着透明的双翼，在几朵叫不上名的野花上时进时出，嗡嗡的声音在我耳边不停地微微震荡着。看，成双成对的蝴蝶也来花间盈盈飞逐，那如网的金色脉络熠熠闪光，一对浅蓝的触须，纤细如云锦。

一缕清风，一片片枯黄的树叶浸着斑驳的阳光随风而落，无声无息，美得那么虚无，那么缥缈，那么不真实，像一个安静的梦沉睡在这神秘幽静的山林中。脚下，黄的、绿的、红的叶子落满一地，无人雕刻，却自然美丽。我捡起一片举在空中，不停地转动，不停地翻看，只想让这片幸运的叶子在我手中久久地停留，感受被人喜欢的亲密温度。

我慢慢地走着，细细地看着，静静地听着……那座山叫什么？我不知道。这棵树名什么？我也不知道。但我不会因这些"不知道"而纠结，也不会因没有"一览众山小"而遗憾。

也许，前面的风景会更美，但我知道，如果勉强自己走到终点，至少，今天的我会透支身体，会为了争取返程的时间而精疲力竭地赶到终点。那样，我还会看到蝴蝶那双透明轻纱般的翅膀吗？还能听到落叶无规律的动感旋律吗？……我想听听来自内心深处的声音："也许适当的放弃，就是最好的拥有。"今天，在有限的时间内我欣赏到了最温馨恬静的小溪，抚摸到了最和煦轻柔的秋风，听到了最曼妙清晰的溪水声……很知足，很快乐，也很珍惜！

自古逢秋悲寂寥，我言秋日胜春朝。

在这色彩缤纷的清秋，我不想感怀，只想静静地欣赏，只想让缕缕妩媚的清风，把自己那份清爽的淡然知足捎送到那朵柔情的云上，就已很美很美了！

那四双破洞的鞋子

"你家，我终身免费维修！"一个标准南方口音的中年男子铿锵有力地说。

我受宠若惊，深吸一口气。

我为自己能有这种特殊的待遇而感动不已，沾满灰尘的双手顾不上抹去满头的汗水，拿着扫把在灰尘滚滚中冲着他喊了声："谢谢你啊！"

倔强的我又加了句："为什么啊，黄师傅？"

"因为你感动了我！"黄师傅乐呵呵又显调皮地说。

"感动？有吗？"我一头雾水。

"有啊！你脚上那双破洞的鞋子，还有你几个月来独自忙碌的身影，让人看了确实敬佩……"

哦，细看才知道不但鞋子上那个黑色的蝴蝶结掉了，大拇指也悄悄露了出来。我嘿嘿憨笑了声，不好意思地把裸露在外的大拇指往小孔里缩了缩……

破洞的鞋子，多么朴素直白，没有鲜花，没有掌声，但我的心，却颤了一下。

也许是我因装修而注入了太多的辛苦，或许是我因装修倾注了太多的情感，回头再凝望这些至今还留有我双手温度的一砖，一瓦，一丝，一绸，一花，一草，是如此的熟悉亲切。

一番周折拿到新房钥匙，我一脸茫然。没有任何装修经验的我像个无头苍蝇，束手无策，看着这毛墙毛地无任何装饰的冷冰冰的房子，真是一筹莫展。如果老公在家就好了，我做梦也想不到自己一个人是怎么完成这么浩大的工程的。

我甚至不知道要找装修公司，也不知道在哪儿去找更多的装修个体来反复比较看谁更胜一筹。我只是知道，不管是哪个精英团队，不管是哪个优秀个体，一定得和业主一样带着一颗滚烫的心做这件事。经朋友介绍，我第一眼就认定了这个南方师傅。

电话中的黄师傅说："小乔，你现在要把地砖定下来，后续工程马上要用。"

周六起个大早，三月的天乍暖还寒，搓搓双手坐着公交车穿梭在车辆稀少的马路间。琳琅满目的建材市场令我眼花缭乱。

"美女，请问你需要什么材质、什么规格的地砖？"销售小姐热情地招呼着我。

地砖难道还有很多种材质吗？我默默地想。

"请问你这里有哪些材质呢？"我随着导购小姐的介绍知道了地砖竟然有釉面砖、通体砖、抛光砖、玻化砖……面对这么多种地砖，我一脸茫然。

不管了,今天的任务先从彻底了解地砖开始:有哪些品牌?有哪些材质?有哪些市场价格?我的双脚启动了旋风模式,从一个店面走到另一个店面,从一个建材市场走到另一个建材市场。我的小腿从开始的小陀螺到最后的灌满铅,我的脚也开始慢慢变形,感觉像个马上要爆炸的气球,脚趾也变得僵硬了,五个脚指头像一块参差不齐的排骨紧紧地贴在脚掌上,又像个不断发胀的面包。不得不找个地方休息会儿了,低头一看,养尊处优的脚磨出了四五个血泡。回家用绣花针生生地扎破,一包血水流出,生疼生疼,几天后结痂,像一个个紫色的葡萄干铺满脚底。

"什么,阳台的瓷砖不够?"黄师傅焦急地说。

"不好意思,这规格这颜色已断货了。"女老板不好意思地说。

"能不能从厂家续发几箱啊?"我哀求老板。

"厂家已经断货了,现在只能看城内哪家门店还有剩余的囤货。"

"小乔,我打听到城西郊区一个小镇上有这种规格的砖,你试着去那里再看看。"

带着唯一的信息和希望,我跑遍了城西郊区的每一个地方。这不大海捞针吗?牢骚和哀怨瞬间爆发,酸痛的双脚也未幸免,又被磨出了泡。

我多么渴望夏天的到来,如果穿上透气宽松的凉鞋,长有厚厚茧子的脚就不会再受罪了。

飘窗的大理石、踢脚线、厨房吊顶、门框、灯具、壁纸、开关插座、马桶卫浴、晾衣架、窗帘、沙发、衣柜、家用电器等物品的采购；一袋袋工程垃圾，一次次安装，一次次送货；甚至一个挂件、一个抱枕、一盆绿植、一个盖布的搬运等等，都是靠这双坚韧的脚完成的。

谁知，原以为再也不会遭罪的脚硬硬是让两双凉鞋下了岗。

几个月下来，我和黄师傅也成了知心朋友，对家里每个角落都了如指掌。

黄师傅不止一次支支吾吾地问："你家男人呢？"

"在工地呢，走不开。"

"真有那么忙吗？"黄师傅用一种怪异的眼神质问着我。

"忙，真有那么忙。"虽心有抱怨，但还是尽力地为老公辩解。

"我装修二十多年了，第一次见到你家这么省心的男人，也第一次见到你这么辛苦的女人。"

我被黄师傅的话深深地刺痛着。是啊，嫁给搞工程的，女人的确很辛苦，凡事都得自己担着。

看着这四双破洞的鞋子，看着满脚紫红色的血泡，一肚子的委屈、不理解瞬间化成了一滴滴苦涩的泪水在眼里不停地打转……

想想他们一线建设者每天工作超过十三四个小时，没有节假日，在地形险峻或人烟稀少的大山深处没日没夜地工作，我们作为他们的爱人，还能忍心再去埋怨吗？还能忍心再动摇他们的亲情支柱吗？我们能做的就是全心全力照顾好家，让这些可爱的人无后顾之忧。

"没有我们的辛苦付出，哪有你回老家的方便？没有我们的舍小家，哪有国家铁路建设的蓬勃发展？"

"你们这些读书人就是不一样，这要是我老婆，估计早跟我闹翻不过了。这要是我，也早丢下那么辛苦的活回家不干了。"黄师傅乌黑深邃的眼睛里流露出一抹敬佩的目光。

我愿把生活酿成一杯红酒，细细从中品出无穷无尽的美妙，将它握在手中仔细观察，杯中暗红有血的感觉，那不正是我曾经的生命痕迹吗？抿一口留在口中慢慢回味，甘甜中带有一丝丝苦涩，不正如我酸甜参半的缤纷生活吗？

屠苏美酒　醉意心愫

在冬日阳光下沐浴，我与岁月深情相望，不知不觉已相伴到岁末，一种情愫，便如春潮涌动，亲切地回应着遥远的呼唤，串起记忆中那些永远的鲜活。回眸这一年，曾一路踏歌，捡拾起大大小小的美好过往，用一颗素心，将其酿成一杯岁月的芬芳美酒，只为今日的酣畅痛饮。

站在岁末一角，细心聆听，心，则激情澎湃。

细细碎碎，念念切切，这一年的往事、感想、感动，入骨入魂。

喜欢生活中的每一个点滴，一只燕、一滴雨、一朵云、一个眼神、一声问候、一行热泪、一抹嫣红、一片墨绿、一个枯枝，都会在我的心中产生小小的感动。活泼的心，跳动着狂热的节奏，演绎着生命的激情，在每一种激情里迸发出更多的生命奇迹。

我把绚烂的初夏风情谱成了一首浪漫的曲——《初夏的香水味》；把烟雨蒙蒙的周末酿成了一首醉意的诗——《躺在诗意的光阴里安静会儿》；把卖早点的老人演绎成了一部爱情剧——《爱情，也许不是全部》；把枝头的思念升华成了人生哲理——《月光如水水如天》；把一次受益匪浅的培训燃烧成了灵魂的火焰——《一场灵魂的"芭蕾盛会"》；把对孩子的安慰做成了打开心结的精美钥匙——《未来路很长，妈妈陪你慢慢走》；把母亲生病住院时对我的深情编织成了爱的唠叨——《母亲催我生二胎》……

我把和吴烨老师的每次对话，集成激励我成长的语录，反思，检讨，努力改进。在宇宙的宽广怀抱里不断扎实地追求，一路荆棘，一路花香，珍惜，咀嚼，消化，将心境平淡到最简，将荣辱视为坦然。将风雨、鲜花、泪水碾成岁月的轨迹，毫无保留地呈现，诠释成优美、真实、梦幻的童话，在充实的日子里再演绎成一个个美丽的传奇。

一杯屠苏美酒，酣醉淋漓。

今夜，是谁把我灌醉？今夜，又是谁把我淹没在岁月的柔情中？

日历翻到了最后一页，新年的号角已经吹响，我们载歌载舞迎接新年。只是叹息，光阴无声无息如流水般从指缝间溜走，我，还不愿从醉梦中醒来，无奈神伤——光阴啊！绚烂的初夏美景不是刚刚才从我眼前掠过吗？香甜芬芳的槐花我不是刚刚才吃过吗？千亩荷塘云卷云舒的旖旎风光我不是刚刚才欣赏过吗？秋姑娘那封"秋风起兮白云飞，草木黄落兮雁南归"的来信，我不是刚刚才读完吗？岁月怎么忍心就这样匆匆而过呢？明知四季轮回，明知春去秋来，明知凡夫俗子不能与自然规律相抗衡，但2016年的美，我还是紧紧地拥抱，久久、久久不能释怀……

守一抹寻常，吟一城烟火，醉一杯芬芳美酒。

岁末，默数着一年的点点滴滴，有一点惶恐、一点欣慰、一点踏实，日子，日复一日地平淡，日复一日地琐碎，日复一日地惊喜。我真切地感知到那些藏在生活细枝末节里的微醉幸福，在经得起敲打的岁月里氤氲着淡淡的幽香。最大的欣慰是闺女和我一样，把每一寸光阴都默默地打理成眉眼处的浅喜深爱，多少个没有作业的夜晚，墨笔丹青，如行云流水绕素笺，几多汹涌的思想，视野的凝固，指尖的笔触缓缓盛开，花瓣层层叠放，人物栩栩如生，相继跃然于纸上，谁说非得掌声雷动才能博得生命的绽放？

生命中不会处处繁花似锦，故事也不会处处安暖如意。母亲住院出院，出院又住院，反反复复，令人悲喜交加。2016年，母亲最深刻的认识就是"健康"两个字——健康，才是根本；健康，才是幸福的源泉。正因深深地懂得，所以我更加珍惜平淡日子的每一个琐碎，每一处清喜，每一种韵味，只想更好地丰盈和沉淀自己的灵魂。做好自己何尝不是人生至高至尊的境界？

平凡与诗意相依相伴，琐碎与美好如影相随，即使天寒地冻，寒风刺骨，那份柔柔的暖意依然会从心底漫起。

岁末，对我来说有着非凡的意义，在这纯洁通透、轻盈自然、安静纯粹的季节里，我和大地一起孕育了一个小生命，从此，我的生命因闺女而变得更厚重绵长。

嘀嗒，嘀嗒，当清脆的秒针和分针完全吻合时，新年的钟声敲响，我想，我们每个人的心头都会有一番别样的滋味，有依依惜别，也有殷殷希望，会和祖国同庆，祝福我们的祖国繁荣昌盛，国泰民安；祝福我们的企业扬帆起航，蓬勃发展；祝福我们的日子红红火火，平平安安。

诗意的 2016，别了，别了……

醉与不醉，今夜，我都会饮下这杯芬芳的美酒！

那片眷宠的阳光

总是喜欢在早晨醒来时,将目光移到那落地的纱窗上,如果看到透过玻璃折射到窗帘上的淡淡的霞光,就断定今天是个阳光明媚的日子。

今天是周末,本是睡懒觉的大好时机,我却被一种奇异的光吸引着。

我连忙拉开已变成橘红色的窗帘,千万缕橙黄色的阳光就像瞬间被我揉碎的金子,无数抖动跳跃的小光亮在我手里曼妙地舞动着,柔柔的光影聚成偌大的环儿藏在我身后,一种久违的喜悦、一种莫名的感动直抵心扉。

我贪婪地将这片温暖的阳光拥入怀中,将心渐渐靠近,慢慢融化,舒适慵懒地将时间停止在这美妙的一刻,亲吻着阳光。

高远湛蓝的天空,不时飞过散心的鸟儿,太阳俯瞰着大地,驱走了多日雾霾,万物也抖擞精神,金碧辉煌,不管是近处的田野村庄还是远处的高楼大厦,都被太阳涂上一层清晰柔和的光辉。

一墙之隔的小村庄沐浴着阳光,就像一个婴儿安详地躺在母亲温暖的臂弯里，安静，幸福。散养的羊群也被主人从困了多日的羊圈里赶了出来，来不及清洁满身的羊粪蛋儿，便带着橘色的朝阳，穿过那红色的瓦房和疏密有致的篱笆，像脱了缰绳的野马似的一路撒欢跑到村头的田野里，胖乎乎，白生生，撒着娇儿，打着滚儿，卷曲的羊毛像一个个绒团贴在身上，肥而短的尾巴随着活跃扭动的身躯左右摇摆着，红色的嘴唇闪烁着无限的满足和天真。就连地头那棵老槐树也迫不及待地伸展着蜷缩多日的腰身，深埋的根须在泥土里呢喃着，一枝枝光秃秃的枝干在我的窗前炫耀分享着它今日灿烂的心情。那份年轮中的沉淀，那份冬日暖阳下的孤傲，那份生命中的厚重让人无限心疼又无比喜爱。

打开所有的窗户，奢侈地想让更多的阳光照射进来，也想远眺更多的田野风光。在清澈蓝天的映衬下，目极之处都是那么苍茫辽阔、空旷美丽。我越发深爱这片养育我的土地，渭水横贯，土地肥美，追踪历史，再也找不出比关中平原更为优越的地方了。曾有十三个王朝建都于此，周秦创制，汉唐拓疆，奠定了中华大地的规模与根基，使华夏文明由此生生不息。

万物享受着阳光的博爱与恩赐。

一颗心在暖阳中荡漾，暖暖的热浪在周身飞扬，我迷醉于暖阳的怀抱与思绪的缠绵中。

静坐在阳台的沙发上，懒得思考，懒得计划，只想静静地，静静地享受这片玲珑温暖、暗香浮动的阳光。明明是一个人，明明又是生活中平凡的一日，但却感觉仿佛如盛大节日般热闹、喜悦。

去年此时此刻又是怎样的心情呢？原来同样也是宠爱感动着这片温暖的阳光。

2015年12月2日

下班后的两个小时是忙碌的，也是安静的，更是美好的。听着音乐，整理一天必不可少的繁杂家务，洗洗涮涮，忙前忙后，忙碌着，傻乐着，憧憬着。在这清浅的日子里，有时会将心开成一朵淡然的花，在红尘纷扰里有时竟能听见花开的声音。今天的太阳真是好，连吃饭都不愿错过这暖暖的阳光。此刻的太阳像刚睡醒的婴儿，在天地间的摇篮里，睁着滴溜溜的眼睛，好奇地张望着大地的一切。我不敢抬头看天空，只觉到处都是耀眼的，空中，屋顶，田野，阳台，到处都是白亮亮的，明白了几日未露面的太阳原来是想把光芒洒遍每个角落。我喜欢这种一半在尘风中飞扬，一半在阳光中沐浴的日子。

人醉了，天地为之晴朗；心醉了，将是无尽的美丽。

今天，在这片阳光下，我不小心把心灵的蓝天、羊儿、树枝、日记与世俗相触相契，写成了一首首诗，滋润我闲适、恬静的心灵。无论心躁心宁、心忧心乐，我想，都是上苍的恩赐，是我不可复制的生命的足迹。

悠悠寸草心

"萱草生堂阶，游子行天涯；慈母依堂前，不见萱草花。"

一缕花香、一盏灯、一片月色、一份感恩，让我有了安静的怀想。我顺着五月一缕芬芳的诗意，在萱花朵朵中寻找着五月的清香与爱意。

五月第二个周日是母亲节。母亲，简简单单的两个字，但却是伟大的、神圣的、无私的，也是天下所有子女敬仰的两个字。

慈母手中线，游子身上衣。临行密密缝，意恐迟迟归。谁言寸草心，报得三春晖。

闻着淡淡的花香，在浅吟低唱中细细感受这首诗，体味其中千百年来拨动着无数赤子之心、引起万千游子共鸣的清新炙热、浓郁香醇的诗韵。

我听见母亲门前拔节的青麦带着泥土的灵魂在悠悠歌唱；听见屋后金灿灿的油菜花点缀着五月的诗行在激情召唤；看见庭院里洁白的柳絮如可爱的精灵在温暖的天空翩翩起舞；看见乡村路口的两个身影在阳光下欣欣然幸福地翘首盼望……

芬芳诗意的五月，耳边一次又一次萦绕着世界上最美丽的声音——母亲的呼唤。在这个感恩的节日里，那些像滴滴泉水一样浓浓的爱绵绵不断地弥漫我整个心田。

思念，总是在心底萦绕，一池的梦幻细语就这样被轻柔地唤醒，浓浓的亲情和生命本真的恩情激起我心灵深处的一行行诗句。

今夜，我把电脑开了又关，关了又开，反反复复。我清楚地明白内心跳跃的小火苗，是必须让我把对你的思念通过手指写进春风里，带着五月烂漫的花香温润我思念你的心扉，让舞动的文字盈满因有你的故事而勾起的款款深情。

这条小路说它长，却仅仅只有五百米左右；这条小路说它短，却是一条伴随我幸福一生的路。

那个十月里寒风飕飕的傍晚，下起了滂沱大雨，坐在教室的我们不时无奈地瞅着窗外，豆大的雨滴落下来，随着强劲的斜风拍打在被雨水模糊的玻璃上，啪啪直响，小小年纪的我们心生几分害怕。雨并没有因我们的害怕和未带雨具而有丝毫减弱，而是越下越大，雨滴落在对面教室屋顶的瓦片上，溅起一大朵一大朵水花，像一层薄烟笼罩在对面整个屋顶上。雨水顺着屋檐哗啦啦地流下，在泥泞的土路上汇聚成一个个混浊的我们无法逾越的大大小小的水洼。

铃声一响，同学们就像离弦的箭一样顶着书包在风雨泥泞中奔跑……

"快来！快来！"

是母亲，就是母亲！在烟雨蒙蒙中我看见母亲戴一个暗黄色的草帽，身披着用灰色大麻袋缝制的雨披，手中还紧握着一把雨伞。

"快，快趴到妈背上！"母亲急促地喊着我。

母亲蹲下，扶了扶已湿漉漉的草帽，双手猛然使劲推了把双膝，紧紧地扶着我的屁股向上托了托。

狂风夹裹着大雨扑面而来，我钻进已潮湿的大麻袋中，整个身体紧紧地贴在母亲坚挺的后背上。母亲让我把冻得冰冷通红的双手放进她已被瓢泼大雨浸湿的衣服里，用体温温暖着我。烟雨迷离着母亲的双眼，一绺绺淌着雨水的头发贴在母亲光洁的脖颈上。我双手搂着母亲湿漉漉的脖子，在冰冷又温暖的背上一摇一晃，母亲逆着风使劲向前弓着身子，进一步，退半步，背着我在泥泞打滑的土路上深一脚浅一脚，跟跟跄跄地向前走着……

小时候，不知道什么是母爱，只知道有母亲的地方就会很安全，很幸福。十年如一日，每个放学的日子，五百米长的小路路口一定会有一个慈爱的人影等着我回家吃饭，我便一路撒欢奔向母亲的怀抱。

工作了，只要是回家的日子，就一定知道锅里热气腾腾地留有我最爱吃的乡间美食，乡村路口也一定会有两个人影在那儿翘首热切地凝望着我归家的方向。我曾天真地认为，不管世事变迁，不管天荒地老，祖母和母亲都会一直一直陪伴着我。

直到祖母下葬那天，我才知道，这个路口再也不会同时出现两个人影了……

心，才真的疼了起来；心，才真的怕了起来。

这个乡村路口还会一直出现母亲日益苍老的脸、日益佝偻的背、日益霜白的鬓发、日益混浊的眼睛、日益蹒跚笨拙的脚步吗？

我知道会有那么一天，母亲会永远离开我，但，我不知道是生命中的哪一天……

母亲把这种生命最本能、最古老、最原始、最伟大、最美妙、最甜蜜的爱给了我。

试问有多少人知道母爱为何如此伟大？试问又有多少人知道为人子女的我们该怎样回报母亲？

人间最怕的就是离别，而我最怕的是离别时母亲相送的目光。

这个乡村路口前是一条通往梦想的大道，也是千万游子回归的驿站，短暂的相聚后便是分离，母亲大包小包恨不得把所有吃的喝的都塞进我的行囊中。等车的时候，母亲又火箭般地拖着她那早已笨重的步伐火急火燎地往回走，仅仅是为了给我摘一把菜园最新鲜的还带着晶莹露珠的豇豆，待她赶到时，父亲刚刚把我们送上车。从后窗玻璃看着渐行渐远的白发母亲，手中一把长长的豇豆还在空中使劲使劲地挥动，我已满脸泪痕，嘴角已有丝丝的咸味儿，苦涩中又夹杂着丝丝的甜。

我的亲娘啊！哪儿没有卖豇豆的啊？哪个季节不能吃到豇豆啊？此情此景，为何让人这般心疼呢？

出嫁十三年了，母亲做了我十三年的"天气预报员"。

"今天外面风大，你给娃把毛衣穿上再下楼。"

"今天三十五度，中午你们娘儿俩就别出去了。"

"明天有雨，不敢再穿裙子了，上班出门时记得把伞带上……"

"天气预报有雪，你把那个八斤厚的被子盖上……"

……

母爱有多深，我不知道，我只知道爱有多深，母亲脚下的路就有多长！爱有多深，母亲的心对我就有多牵挂！

这种春雨润物般伟大的无声的母爱是我一生最珍视的幸福。

我该怎样回报母亲呢？

母亲！在这真情的五月，我还想和小时候一样依偎在您身边，和您一起唠嗑，一起相惜，晕染彼此繁华的生命，陪您一起慢慢变老……

请允许我用一支素笔把这甜甜的幸福、浓浓的母爱，写进这芬芳璀璨的萱草间……

恋上唐诗宋词

若问君，此刻，闲情几许？

也许，一川烟草；也许，满城风絮。

不妨，放下满腹忧愁，细听窗外丝丝缕缕不知停歇的黄梅雨，此刻，你有没有想到坠在枝头累累的黄杏？有没有闻到纯粹香甜的麦香？这个热情的收获的季节，你是不是已经感受到了清凉的宽慰呢？

有人说，现实生活中的忙碌、忧伤、焦虑、不安、无奈……纷至沓来，哪还有时间去欣赏唐诗宋词？哪还有心思去感受那些与现实无关的风花雪月？哪还有资本去享受诗意盎然的恬静生活？

亲爱的朋友啊！正是因为我们每个人都活生生地生活在真实的风尘烟火中，我们才需要被诗歌滋润得"水灵灵"的，才需要深情地活着啊！

如果，你说诗意是生活的奢侈品，那么，我说诗意是生活的必需品！

当我读到陶渊明这句"方宅十余亩，草屋八九间。榆柳荫后檐，桃李罗堂前"时，想一想，土地平旷，屋舍俨然，杨柳依依，桃花灼灼，多么简单有趣而又让人心动的小风景啊！我们生活在繁华喧嚣的都市中，在宽敞舒适的房子中，还有没有用安静的灵魂诗意地欣赏哪怕一盆绿植、一朵云彩的能力呢？再低头看看我的小阳台，可谓"凉台两余方，花草八九盆。翠绿成片茵，叶动心亦动"。闲庭信步，听风看雨，此情此景，难道不是小小的仙境吗？小时候渴望的诗和远方不在天边，而实实在在就在眼前的方寸间！

我相信，每个人的心灵深处，都眷恋着一抔泥土，我们上下五千年璀璨的民族文化已经深植于我们每个人的血液中。泥土上有我们的庄稼、房屋、河流，还有繁衍生息着的一代又一代的炎黄子孙。我们热爱并敬畏着这片质朴的热土，钢筋水泥中的我们是不是很渴望拥有一份芳香泥土的安宁和归宿呢？

黄昏，雨停空气新，但这多情的时刻，光影迷蒙中又升腾起一丝丝伤感。

"楼上黄昏欲望休，玉梯横绝月如钩。芭蕉不展丁香结，同向春风各自愁。"这是多么忧伤唯美的画面啊！

作为铁路建设单位的女性，因爱人常年奋战在铁路一线与我们聚少离多，我们是不是也一次又一次经历过"楼上黄昏欲望休"呢？是不是也一次又一次"独倚望江楼"呢？痴痴守望中的那点寂寞和不甘是不是一样千回百转呢？我们无怨无悔又无奈辛酸地坚守着后方阵地，那份纤细绵长的痴情谁说不是一种刻骨伤情呢？一个瞬间，恍然惊觉，那些当时觉得枯燥难解的诗词，竟然蕴藏着令人潸然泪下的力量。

阅读古诗词，可以赐予我一种神奇的力量，让我在辛苦劳作的现实生活中，找到很多滋养心灵的良药，又可以让我超越生活，得到一种圣洁的思想，让我安静、真实、蓬勃地生活着。

一盏柔和的灯，一杯清香的茶，一曲古典乐曲，一首古朴的诗词，足以让我忘记一切，徜徉在诗词的婉转妙韵中欲罢不能。就这样，我恋上了李白、杜甫、李清照、陆游、辛弃疾……常在古诗词中不自觉地迷恋悸动于生命深处的那份柔情。

下班后，做饭间隙……一切悠闲的时间都会随手捧一本古色古香的诗词，循着古人的笔迹寻找如今生活的乐趣，让一颗坚硬、锈迹斑驳的心重新柔软起来，感知所有的爱和美，感知所有的慈悲和温暖。

记得于丹老师曾说过："田园到底在哪儿呢？田园不是世外桃源，不是远离生活的仙境，它是让我们能够感到温暖的归宿。田园甚至也不是一个地方，它只是一种状态，一段心情。"

千古诗意从未离开过你，愿"田园"一直在你心中。

仲夏之夜

"一闪一闪亮晶晶,满天都是小星星……"

我哼着小曲,躺在一张被岁月打磨得老旧光滑的竹制小床上,跷着二郎腿悠悠地仰望湛蓝湛蓝的天空,心里默数着一颗、两颗、三颗……在广阔、神秘、深邃的星空下,做着各种甜甜的梦。

虽已年近不惑,但儿时天真甜美的梦总是在仲夏之夜牵动我的心。

暮色四合,我还会想起儿时的我和小伙伴们一起光着脚丫,踩在松软的泥土上看西边的火烧云,因天空变幻的颜色而欢呼雀跃。儿时认知的颜色总是清晰地刻印在脑海中,清澈的天空一片鹅黄,鹅黄中又包裹着一丝丝深浅不一的橘红色,橘红色中又有一抹深蓝色的彩带,彩带一端慢慢地展开,一直扯到天边,暮色中的小村庄就这样被笼罩得无比亮丽。

"一抹残霞,几行新雁,天染云断,红迷阵影……"在雾霾肆虐的都市中,走在人潮涌动的柏油马路上,再也感受不到儿时清澈宽阔的蓝天和泥土的清香。

劳作一天的人儿,这时也随着太阳的落山而归来,粗糙黝黑的手牵引着耕作一天的老黄牛，斜挎着装满瓜果蔬菜的竹笼，挽着带有泥土清香的裤脚，扛着锄头，或欢声笑语，或满身疲倦，在夕阳铺满的乡村小路上怀着温馨的欢欣，期待着安宁的晚餐和安心的休憩。

这不正是王维《渭川田家》中"斜阳照墟落，穷巷牛羊归。田夫荷锄至，相见语依依"的真实写照吗？

夜色抹去最后一缕残阳，但太阳的余热还未完全散尽，幽蓝幽蓝的天空点缀着无数的小星星，归巢的鸟儿渐渐安静下来，月色迷蒙中，萤火虫在草丛中一闪一闪。祖母和母亲把一张竹藤小床抬到大门口，我惬意地躺在上面，等着母亲擦洗干净后，摇着那把蒲扇给我扇蚊子。我尽情地享受着祖母对我的抚摸，调皮地从苍翠的密叶缝儿中看那一闪一闪的夜空。靠南墙根祖母种了半圈丝瓜，一棵棵像绿色的精灵，蔓儿自在地顺着木棍爬到屋檐下，一根根鲜嫩的丝瓜探着头，陪我无忧无虑地一起看那深邃静谧的苍穹，一起数着星星。丝瓜藤架下面是那密密麻麻的小辣椒，从上到下，挤满了纤细的枝条，在朦胧的月色下斑斑驳驳，可爱至极。母亲养的小花猫，四仰八叉以最慵懒的姿势躺在我的腋下，圆溜溜葡萄般的大眼睛仰望着天空。乘凉的邻居大妈顺手摘下门前的几根黄瓜，笑着递给我，清脆的咔咔声消失在阵阵徐风中。月光明亮无比，夜空星光闪烁。

生活在都市中的我，现在很怀念那原汁原味的清香，那清香，还能否涤荡我被城市污染的五脏六腑？我还能回到最初"牧人驱犊返,猎马带禽归"的朴素纯净吗?

　　望望苍穹,数数星星,对都市的人来说是多么奢侈的事情啊!在这静谧温馨的夜晚,不是加班应酬,就是堵车焦虑;不是闻着汽车尾气,就是被各种噪音骚扰。夜幕时分,朋友,你是否有颗被灵魂召唤的心感受到了渔樵晚归的诗意呢?

　　一颗,两颗……在这蓬勃狂热的夏夜,我似乎又遇见了最美的苍穹和大地。

绚烂花事四月天

一场春雨，草绿了，花笑了……

空气，清新明净；泥土，湿润松软。为了不辜负这最美的人间四月天，一大早，我就约了朋友一起去郊区河堤踏青赏花。

路上，我无数次憧憬着，那大片大片花朵全部怒放或娇羞半开时的模样；无数次期待着，驰骋于绿莹莹的广袤草原。于是那份渴望的甜蜜就更加浓郁了，那份唯美的期待也更加强烈了，那颗蜷缩多日的心，也早"飞"了起来。

远远地，就看见开在半坡上、堤岸边、田垄间的一朵朵、一簇簇的紫色花朵，香气已袭来，势不可当。我迫不及待奔向花的海洋，浓郁的紫丁香，一小片连接着一小片，一大片相拥着一大片，好像昨夜的春雨打翻了银河的紫墨盘，将紫墨一泻到遥远的天际。春风阵阵，便掀起滚滚的紫色浪花，与光影交错，肆意地把大地晕染成了紫色，紫得浪漫，紫得朦胧，紫得令人惊艳；春风又纵情地把天空染成了一片紫色，紫得殷实，紫得浩荡，紫得蓬勃！

在我的调色板上，我一直嫌弃紫色没有红色的火热深情，没有蓝色的辽远明澈，没有白色的圣洁高雅……真没想到，当满眼全是紫，看到这最美最壮观的一幕时，忘情的我已被它一针一线地编织进它的锦绣中，如痴如醉。不经意间，心荡漾，梦灿烂。

怒放的紫丁香啊！我怎能忍心无视你的美从你身旁走过呢？

我怎忍心踩痛你妖娆的腰身呢？小心翼翼走在土垄上，徜徉于丁香花间。细细端详，淡紫温润的花朵，朵朵盛开，素雅娴静。紫色的花束，像极了一串串紫色的风铃，又宛如闺女头上密密麻麻连缀在一起的紫色花扣。我不知道，你是怎样从鹅黄的小芽儿开始，在料峭的春风中，历经了怎样的欢喜和磨难，才得以慢慢自由地绽放——从花苞，到半开，再到绚烂。细细聆听花开的声音，暗自猜想，你，是不是也和我一样，热情虔诚地迎接每一个春天呢？你，是不是也和我一样，认真努力地演绎好每一个春天的故事呢？你，是不是也和我一样，内心柔软而丰盛，吟无用之诗，钟无用之情，在自己的山水间努力耕耘，不为目的，只为生命的绚烂绽放呢？

阡陌红尘，今天，拈一袭紫香，深情地融进我墨香熏染的生命中，将平淡的日子，渲染成一卷斑斓的紫色画卷，生机盎然，撩人心魄。

继续在小花小草、小虫小鸟中慈悲着，继续感受花儿无言无语却饱含种种奇妙。

走在一条蜿蜒的小径上，两边是摇曳的垂柳。一旁垒砌阶梯的堤岸上，我惊喜地发现绵延五公里的路程全部栽植着带刺的玫瑰。一株株，一排排，一畦畦，娇小玲珑，新抽发的叶子浅红娇嫩，锯齿状，尖尖的刺儿布满周身——上帝赋予了它护花的使命。

北方的四月，乍暖还寒，玫瑰还未全部盛开。每株花茎上绽出许多个小小的花蕾，个个身披绿色婚纱，像个待嫁的新娘，散发着贵族的妩媚气息，柔情似水地躲藏在绿叶中，娇羞地静候新郎的出现。有的已经受不住甜言蜜语的攻击，早已摒弃了新娘的矜持，按捺不住自个儿掀开了头纱，在暖阳中露出火红火红的脸蛋与郎君相会。

"美酒饮教微醉后，好花看到半开时。"

半开，这是玫瑰一生中最曼妙的时刻。我知道，一生中最温暖最柔情的梦，此刻，就在它的心灵最深处静静地蛰伏着，只待新郎口哨吹起时，便会心生摇曳，裙袂飘飘。

这些成千上万个含苞待放的花蕾，她们没有像紫丁香那样娇艳地怒放着，却给了我无穷的遐想，把丝丝缕缕的希望，珍藏在心底，荡起无尽的波澜。

花半开，不也是人生最美的际遇吗？

在春风的吹拂下，满地满坡的野花全都睁开了眼，一朵两朵，一丛两丛……连成片，汇成海，黄的蒲公英，红的玫瑰，紫的丁香，绿的青草……在这气势磅礴的花海中，我把心系已久的思绪，放逐在花的微笑中。

心继续在花草间行走,遗忘世间所有的陆离斑驳。

不远处,一片繁忙的景象,几个菜农,弓着腰,赤着臂,在泥泞中打捞着他们一年的希冀。大片的荷塘中,蛙声呱呱,水面上零星漂浮着一些枯枝败叶,也漂浮着一些莲藕。机灵的百灵鸟欢快地鸣叫着,吸引着我,我展开翅膀,一颗欢喜的心萌生了自由,奢侈地随它也翱翔了一次蓝天。调皮的它又低旋掠过水面,那五彩的翅膀一闪一闪,如朦胧的诗句,引来双飞的蝴蝶翩翩起舞。就在我发愣出神时,听见了梁山伯和祝英台的缠绵细语。

为了确定自己不是在梦幻中,我特意使劲拍了拍手,却惊起一滩鸥鹭和采莲师傅们的回望。只见水中的师傅们,不知带了什么神奇的工具,在水下倒腾倒腾,胖生生的莲藕就陆续浮出了水面。这些用汗水浸泡出来的菜娃娃,足以让他们希望满满。

另一些菜农则把新挖的莲藕整整齐齐摆放在一片新耕的黄土中。经主人同意,我也跑到这片赤身裸体的黄土地上,学着他们的样子,把莲藕的骨肉盘扎进黄土中。我想,不多久,这些种子就会发芽,就会让阔远厚重的大地欣然开怀,破土的声音,也会拨动整个世界的心弦。新的荷塘,将会滋养出一朵又一朵"出淤泥而不染,濯清涟而不妖"的荷花来,演绎一个又一个新的美丽童话。

但愿我们的人生从容,一步一莲、心无旁骛地行走在自己的静安中,在生命中感动,在生活中凝重,在行走中感悟!

躺在绿莹莹、软绵绵的草坪上，蓝天下，宁静中，风在动，云在飘。一次次把灵魂流浪于陌上花开，把天宇间缠绵的故事都轻轻地纳进心扉，化作一首首干净精美的小诗。

朋友，别问，是诗，是梦。

过程，便已是答案。

一卷纯净的光阴

最美的读书时光,一定是你最闲的时刻。

一个人,轻轻地,静静地,或于晨曦花露旁,或于午后溪水边,或于黄昏廊间,或于月夜窗前……手捧一本幽香的闲书,不惊不扰,不急不慢,悠悠地一个字一个字品读,醉心地一个字一个字观赏。

不知何时起,心,开始变得如一溪水清澈,如一株草柔软,如一朵云纯粹。

东风帘幕雨丝丝,梅子半黄时。

初睡起,晓莺啼,一几一茶,一曲一帘,静坐阳台晨曦花露旁。

我畅游在曹雪芹不朽的经典故事中,时而开心时而忧伤,时而愤怒时而感慨。

是宝黛红粉痴恋的纯洁爱情?是荣宁二府的家破人亡?是红粉丽人的香消玉殒?是那些忘恩负义投机分子的欺世盗名?好像全是,又好像不全是,迷乱,彷徨,欢喜,清渺。

只是,这些旖旎故事,繁华人物,在一室一人的寂静的细碎的光阴中。我真切地感受到了一点点烟雨红楼的深情梦,就已知足了。

赤日炎炎,蝉鸣声声。

坐在阳台的凉藤上。窗外,蝉鸣,时而声声如缕,缭绕枝头,直冲云霄;时而排山倒海,起起伏伏,穿墙入户,让人喘不过气来。

手捧一本古书,读到这句"别院深深夏席凉,石榴开遍透帘明"时,顿觉一眼清凉,浑身清澈。

阳光映在玻璃上,亮白,刺眼。合上书,带着这份清幽之境,悠旷之情,也想把这份清爽缥缈诗意,送给每日伴我赏读的红花绿叶。

满藤的绿萝打着卷儿从屋顶一泻而下,如撼人心魄的绿色瀑布,又如一片缭绕的梦、一行低语的诗,缕缕清香,淡而含蓄。

静谧朦胧间,丝丝缕缕的凉意,滑过脸颊,又掠过心头。

扭头,再看青花瓷盆中红、白、黄、粉四种颜色的太阳花密密匝匝簇拥在一起,薄瓣、妖娆、明丽、安静,开出秀骨风情。一枝枝,一朵朵,红艳艳,黄莹莹,粉嫩嫩。在我痴痴望着它们时,它们也正点头向我调皮示谢,在神魂被妥帖滋润的那一刻,心,彻底被它征服了,眼里蓄满清水,我看它美如玉,它看我心如素。

我又把成千上万的水珍珠送给身后的金枝玉叶,把它也打扮得闪闪发光。枝条纤细、柔软,叶片娇嫩、清凉,显出迷人的玲珑之势。晶莹透亮的小水珠,滚动在叶片上,悬空在叶尖上，欢喜至极。眼睛眯成一条缝望过去，却惊喜地发现，阳光悄悄地偷走了这颗悬空而挂的水珠的心，在红绿相间的花盆上，留有一个干净耀眼的五彩图案，明暗斑驳，朦胧诗意。这份稍纵即逝的情趣盎然，也许无法印在闺女的画纸上，却在我的心上，真实地叠满了深深浅浅的印记。

窗外一丝一缕的风声、蝉鸣，窗内清风翻书声、心声，气息相绕，温柔契合，欢喜美妙，都在眉尖心头。

一楼的大姐开辟一小园，栽培种植着各种花花草草。盛夏，最夺目的要算那一盆又一盆，一片又一片的荷花了。红的、粉的、黄的、白的，朵朵娇羞粉嫩，宁静柔和。

因太喜欢，常倚窗相望，就这么悠闲地望过去，与满墙的花影，静静对望，枝上花，花下人，般般入画，楚楚怜人。楼上的我，此时，也染着香，染着静，心室一隅升起一轮皓月。

忽念起杨万里的诗句："泉眼无声惜细流，树荫照水爱晴柔，小荷才露尖尖角，早有蜻蜓立上头。"一个泉眼、一道细流、一池树荫、几片小小的荷叶、一只小小的蜻蜓，有没有把你也带入到一个小巧精致、柔和宜人的境界之中呢？

我温情脉脉地看着，那朵似红非红、似粉非粉的荷花，在清风中是不是静等一对轻声扑翅的情侣蜻蜓呢？我愿为一朵半开的荷花停留，也愿为一对情侣蜻蜓的情话留白。我小心翼翼地呼吸着，清风也不敢摇动别枝，怕惊了雀，扰了这一卷亮丽的爱。

也许，并不需言语，只为萍水相逢、欢喜相遇而珍惜；

只为能同栖息一瓣花，同觅食一只虫子；只为能走过它走过的路，住过它住过的城，走过它爱过的心，就已足够了。

在这卷纯净的光阴里，心，犹如温暖大地上的万颗种子，正裹着灵魂的香甜野趣，破土而出，偷偷地芬芳热闹着。

我又是多么奢华啊！

一个人，一本书，一个黄昏，一场花事……任岁月更迭，芳华迁徙，我仍愿将走过的路走成诗，仍愿珍惜每个日常那些朴素细腻、柔和纯粹的美好！

无限热爱着这份美好，便把这份淳朴而清澈虔诚的欢喜，双手捧于键盘。

我知道，它定能回我一屋山风鸟鸣，野花清溪！

青青麦田

三月的风,轻柔甜绵,真实地贴着我的肌肤。早起,迎着春风,便去菜市场。

走在熙攘的人群中,看着各种新鲜的瓜果蔬菜,念想着今日的美味佳肴。当我看到一捧青嫩的带着泥土的野菜在一个白色袋子里羞怯地探着脑袋,当这种生命最原始、最真实的颜色跃入我眼帘时,总感觉有人呼喊着我的名字,扭头,总感觉有人在召唤着我。这些珍藏心灵一角的颜色,延续着我淳朴生命的本色,唤醒我灿若星空般的记忆。在这青青的绿色中,我又听见了自己在麦田欢腾奔跑的声音……

是的,我是在黑土地上疯大的孩子,骨子里忘不了那片辽阔碧绿的麦田,忘不了那群和我一起坐在土垄上,仰望蓝天、默数小心事的少年,也忘不了那些踉跄在麦田里的美好年华!

小时候,每到麦苗青青的时候,那颗不安分的心总是迅速膨胀,好像只有那一片又一片的阡陌麦田才能盛放这颗有着强烈欲望的心。

放学后,丢下书包,伙伴们便挎上比自己粗上两三倍的大竹笼,笼里放一把带着泥巴的大镰刀,三五成群地来到我家门口，用稚嫩的嗓门清亮地吼上几声。奶奶赶紧递给我一把缺了口的小镰刀，爷爷忙给我从高处取下歇了一年的我专用的竹藤小圆笼——精致光滑。我们摇晃着高高的马尾辫，一路奔跑消失在黄昏的南村口。门口休闲的老人和羊妈妈们都心生羡慕，满眼期待地齐刷刷瞅着青春年少的我们。

举目四望，没有任何障碍物阻挡我们的视线，只有一望无际的青青麦田。不远处，金灿灿的油菜花给麦田涂上了明艳的色彩，一大片一大片，耀人的眼睛。

一片青绿，绿得醉心，绿得逼眼，然而又绿得不一样：墨绿，嫩绿，油绿。麦田，被勤劳的人们整齐地分成一小块一小块。农舍在一大片一大片的麦田和粗壮的梧桐树衬托下也显得格外幽静。麦苗经历了漫长冬日，在寒风中盼望着春的到来，它们用纤细的身子紧贴着冰冷的大地，盼望着，盼望着，春天的脚步近了，可以想象，它们是多么的欣喜啊！

看着这清新、不染纤尘的青青麦田，你说，我能无动于衷吗？我忘记了自己是带着羊妈妈的期待而来，忘记了老师有没有布置作业，忘记了因爸爸多给了我一颗糖而引来的哥哥恶狠狠的嫉妒眼神，也忘记了脚踩麦苗脚心痒痒的感觉……扔下镰刀，我们兴奋着，奔跑着。

在这片奔跑的乐园里，不知谁一声尖叫："这么多的荠荠菜啊！"我们一窝蜂似的撒欢过去，疯抢着这些大如手掌、小如手指、或疏或密、撒满一地的野菜，如获珍宝似的再一棵一棵数着，看谁的更多一些。我们都知道，这些荠荠菜在满满一筐子青草里可是大人夸奖我们能干的战利品。这些吸着天之光地之气的野菜,好像也是极其喜欢看我们为它而狂欢的样子。疯累了,我们就瘫坐在清凉松软的"麦毯"上,清甜的麦草气息包围着我们。有时我们骑坐在土垄上挖土过家家,蓝天下,我们一边憧憬着未来,一边为自己奇特的建造设计而自豪。另外一些伙伴则被土路那边长长的水管吸引着,这是主人在浇灌麦苗呢,清凌凌的井水从长长的水管里欢快地流淌着,哗哗地唱着歌流向麦田。男人穿着雨鞋、弓着腰、拿着锄头在地头引水;女人则把圆溜溜的化肥均匀地撒到麦田里。小孩子也不闲着,在管子针眼大小的小孔喷水处跑前跑后,满身满脸都是被喷射的水珠,冰冰的,凉凉的,玩得不亦乐乎。

眼瞅着其他同伴的背篓已经装满了肥硕的青草和野菜,要满载而归了,我还继续跳跃撒欢。因为我从来不用担心因没有挖到野菜而被奶奶训斥,也不用担心因自己满身青草泥土味而被妈妈指责。

不知何时,妈妈已经被奶奶派来救助我了,身后还跟着摇摇摆摆的小羊羔,胖乎乎,白生生。

小羊羔在青青的麦田里像花,像云。我欢喜地抱着它,把它当成我的小可爱。我抚摸着它,它浑身洁白柔软的细毛,像擦过油似的。它极力想获取自由而努力挣扎着,肥而短的小尾巴欢实地左右摇晃着,眯着眼睛,张开红润的小嘴咩咩地叫了起来。

垂暮时，紫霞淡淡地挂在天边，整个麦田和村庄被夕阳笼罩着，慢慢暗沉了下来。

母亲提着满满当当的一筐青草，把鲜嫩的青草喂给期待了一下午的羊妈妈，小羊羔则奔向羊妈妈的肚皮下，把两条前腿曲着，跪下去，叼住一只奶头，大口大口地吸了起来。这才分开一会儿，羊妈妈就无限疼惜地爱抚着小羊羔，从头上舔到身上，又从身上舔到腿上。我也会和小羊羔一样，被在门口等候多时的奶奶一次又一次地亲昵地抚摸着。她们并不在乎我的筐子是否满满当当，也不在乎我割的青草多一点还是挖的荠荠菜多一点，她们在乎的只是，年少不知愁的我是否像一株株青青的麦苗一样，在蓝天下无忧地生长。

生活，一如既往地向前流淌，只是有些故事怎么讲也讲不完。

无限绵长的岁月中，从童年蔓延下来的那根淌着温馨和安详的藤蔓，让我把所有的童真烂漫、所有的苍茫翠绿全都写进这阡陌的麦田中。

今天，看见这把野菜，我心中便腾起一种暖暖的感觉，这种感觉曾经流过我生命的日日月月！

秋的火焰

一声梧叶一声秋，一点芭蕉一点愁。

秋天到了。

早起，打开窗，还未出门，就一个冷战。空气像露珠一样新鲜，惹得鼻尖、睫毛也是凉凉的、润润的。

天空，红云纵横，横跨天际，曼妙轻拂，尽情绽放着恣意的激越。朝霞烧红了大半个天空，渲染得人间万物无不反射耀眼的光芒。

白云，层层叠叠，像朵朵洁白的雪莲，又像少女高挺的乳房，圆润，柔滑。

窗外的银杏、梧桐、蔷薇……也都像喝醉了酒，脸上醉得发红发黄发紫。一丛深，一丛浅，远远望去，点点的绿映着淡淡的黄，淡淡的黄又衬着浅浅的红，浅浅的红又藏着隐隐的紫，三种，不，四种五种或更多种颜色高高低低地混杂在一起，相映成趣。

大半天，我还沉醉于深蓝天空中那朵朵燃烧的火焰，那酥香甜蜜的魔力打开我对秋浮想联翩的所有感官。

渐渐地，我不再满足于窗前这一景一物，急切想感受那辽阔无边的青草，被秋风摇曳成株株枯黄的壮美景色；也想感受广袤无边的原野上，那苍劲的绿色与妩媚的黄色，是怎样交织缠绵成一幅幅充满诱惑的美丽图画；还有那种秋收后满地的枯枝败叶在残阳下的情景，如满目疮痍的古战场上残留的遗骸，那种雄浑、苍凉、英雄豪气的凄美。于是我抓起包，不假思索地逃离了城市，来到广阔无边的田野。

乡村马路两旁是广袤的田地，两指粗的玉米秆粗壮结实，整整齐齐地耸立着，清风过耳，一个个硕大渐黄的玉米棒子也和头顶火焰般的红色花絮簌簌地亲昵着。

此刻，回家的小径上，了无人烟，俯视仰视，天地要多辽阔就有多辽阔；要多寂寥就有多寂寥。地头的水沟前，一排排高大的白杨树，一片两片金黄或朱红的叶子像断魂的蝴蝶，悠悠然、飘飘然旋转坠落。即使落光了叶子，树也依然像铁铸似的，竖着光秃秃的树干和疏落的枝丫，直刺高远的蓝天和白云，傲然耸立，从不屈服。

走过一片红苕地，惊喜地发现在绿叶下掩藏着两个雪白的小东西，我惊喜地蹲下，细心地慢慢拨开茎叶，潮湿的黑土地上窝着两个光亮微热的鸡蛋。这在城市是绝对不可能见到的，我欢喜地把它们捧在手心里。

而母鸡则像没事似的，就那样"咯咯咯"趾高气扬地大踏步在田地里踱来踱去。

高远的蓝天，飞过一群南飞的大雁，也许是累了，渴了，掉队的几只就扑棱一声落在一户人家的晾衣绳上歇歇脚。

这种情景让我找到了天地万物相融合的感觉,大自然无言无语的无字经文,唯有体验者才可以悟到。

走在野草丛生的土路上,看着这房前屋后、田地沟谷间火红斑斓的花椒树,这儿一棵,那儿一株,脚步不由得慢了,心境也淡了。秋风拂过,有点微凉,有点萧瑟。脚踩着这片千百年黄河奔腾不息经流的黄土地,享受独处的那种踏实、奇妙、回归自然的快乐,不觉便有了无边的古意,灵魂也随之轻了,空灵了,慢慢飞到高处,远离尘世的喧嚣,感觉格外的宁静。

父母都已白发苍苍,步履蹒跚,但他们还是割舍不了那片让他们欢喜让他们忧愁的黄土地,还是爱得那么深沉,整天精心翻弄着那两分菜园地。

"妈,你怎摘恁多的花椒?"

"你怎恁大主意,一声不吭就回来了?"

地上平铺的麻布袋上,脚下的竹笼里,都是火红一片……母亲手上也是一片火红,她的脸颊额头也是火红的,火红的母亲笑眯眯,身上散发出一股新鲜的花椒的芳香,连那芳香也是火红的。

我笑盈盈的眼神告诉母亲,我只是想回家看看你们,想看看这无边无际的田野里那千万种颜色,绵延成大地最美的诗篇。

"花生也出完了,连藤带叶全都晒在门口的水泥地上。"

"绿豆也摘完了,剥了有十斤哩。"

"现在就剩这两株花椒,我和你爸悠着摘。"

"你走时,花生豆子都给你带上,给娃熬稀饭吃。花椒我给你磨成面,装瓶里也给你带上,炒菜吃,可香哩……"

父亲用严厉的语气指责着母亲:"干吗要去够那根高处的枝丫?"

一会儿又指责母亲走路不看脚底下的土疙瘩。

一会儿又用他手指肚被花椒刺扎得乌黑的手指,默默笨拙地拨弄着母亲凌乱花白的头发上的花椒叶,手指还留恋地多待了几秒,好像在说:"老婆子,待春风十里如画时,我还带你去看花。"

母亲则一边噘着嘴,小声嘟囔着:"我不够,难不成让你够?"一边则满脸幸福地享受着父亲的指责。又好像在说:"你个死老头子,这一生中,最美的传奇莫过于遇见了你!"

那一年,父亲十九岁,母亲十七岁。经媒人说合,父亲牵了母亲的手,这一牵就是五十年。她为他生儿育女,每天为他洗衣,为他做饭,为他缝掉了的扣子,为他日夜守候;他为她遮风挡雨,给她结实的臂弯,给她宽厚的胸膛,给她温暖的怀抱。他们的爱没有轰轰烈烈,只是相濡以沫,平淡如水,在时光中一起慢慢变老。

五十年风风雨雨,父母一起经历了春之妖娆,夏之风华。如今,又一起走入了人生的暮秋。人生的风雨雷电,跌宕起伏,让父母活得更通透、更温润了。

夕阳透过火红斑斓的花椒,连同那片片干枯带刺卷曲的叶子，光怪陆离地映在那两张皱纹纵横的脸上，映在他们粗糙的手上、佝偻蜷缩的身体上。一生光阴里那些至深至浓的爱，都深深地印在彼此的心里。此刻，火红阳光下的他们却是那么的恬淡浪漫，那么的深沉静美！

父母也许不会读"花谢花飞飞满天，红消香断有谁怜"的诗句，也许是已深刻领悟了"花谢花飞"的含义，双目，才满含慈悲。

是啊，花开花谢，一年又一年，生生死死，只不过是生命的轮回而已，又何必为此忧愁为此憔悴呢？何不绽放生命的花朵，珍惜当下，追求生命的芳香呢？

在这禅意深远的清秋里，最美莫过于那团爱的火焰！

柿子红了

秋已深,天已寒。

此刻,漫山遍野的柿子红了。这时,正是品尝柿子的最美时光。成熟的柿子挂满枝头,组成一幅幅精美的油画作品。

母亲家仅有的一分田地,田地里仅有的五六棵柿子树,果子也已熟透了。

自从柿子红的那天起,母亲就不停地喊话:"回家吃柿子了。"

好像,只有我吃了家里的柿子,才算是吃了柿子。

好像,只有家里的柿子,才算得上是柿子。

又好像,只有我吃了家里的柿子,一百里外的母亲才能够睡个安稳觉。

要不,母亲会一直唠叨着:

"你看,我们该吃的,也吃了;该送人的,也送人了;该卖的,也卖了;鸟儿该偷叼的,也叼了。可是,可是我们在渭南的娃娃还未吃上一口。我专门给你们留有一树呢!看你们什么时候有时间回来,就怕坏在了树上,怪可惜的……

"要不,我和你爸把柿子摘了装在纸箱子里,坐车给你们送去吧……"

说实话，我不怎么钟情于柿子，但为了这个已得"心病"的蹒跚的母亲，也为了了却母亲的一个心愿，让她晚上能安心睡个踏实觉，我们临时决定回家去取柿子。

母亲得知我们要回家，像孩子一样开心地说："这下好了，那我这会儿就去你姑家给你们捉鸡，让你爸赶快去割几斤肉。"说着撂下电话便去抓鸡。

一路寒风瑟瑟，路两边广阔无边的田地，原来那些翠绿的庄稼树木野草也都失去了昔日的光鲜，在寒风中渐黄渐枯。收割过的玉米地也亮堂地裸露着黑褐色，正孕育着新生命。有的麦苗已像三月的雨丝那样纤细柔软，齐刷刷地破土而出了，远远望去，绿绿的、黄黄的、嫩嫩的，在萧瑟的秋天给人以希望与力量。未来得及砍掉的玉米秆则全身枯黄，勇敢地挺立在寒风中，安然地构成秋日最后一道风景。

"快看！"我欣喜地指着那沟旁地洼间红彤彤的柿子树。好美！红柿挂枝，硕果累累，红光灿灿，活像一把把小火炬，瞬间点燃了空旷无边的田野，耀眼地从车窗旁一闪而过。晶莹红润的柿子在色彩斑斓的叶片间，像一串串火红的灯笼，又像美丽的西双版纳的清纯少女，用红色丝绸束腰勾勒出性感优美的线条，婀娜多姿，妩媚火辣。

火红的柿子、金黄的叶子、嫩绿的麦苗、褐色的土地，给这乡村田野涂上了一抹丰富的色彩，使乡村的秋天更色彩斑斓，喜庆丰硕，静谧和谐。

看到这些风情万种、梦幻迷离的田野景色时，我真想亲手摘几个柿子，亲手抚摸这集天地之灵气、吸日月之精华的软绵绵的生命：到底会是怎样的一种感受呢？

一到村口，就看见父亲挽着袖子半蹲着背对我们，和小姑在门口那棵红得耀眼的柿子树下杀鸡。这是母亲特意让小姑为我在她家柿子园里散养的纯正土乌鸡。

"爸！"

父亲听见我们的叫声，一手在热气腾腾的盆中晃动着，一手提着乌黑肥嫩的鸡，扭过头，高兴地说："回来了。"母亲闻声赶出来，看见她一年未见高高大大的女婿，眼角眉梢全是喜悦，两只忙碌不堪却已枯瘦的手不知所措地在围裙上抹来抹去，似乎忘却了她的亲闺女我。

"妈，我们去田里摘柿子了。"一口水未喝，我就迫不及待地说。

老公扛着梯子，我提着竹笼，不放心的父亲洗把手，拿把剪刀也尾随而来。

远远看见那一枝枝火红的柿子，在秋风中簇拥着，私语着，摇摇欲坠，我的心头便溢满了慰藉与温暖。

柿子的品种繁多，约有三百多种，从色泽上可分为红柿、黄柿、青柿、白柿、乌柿；从外形上可分为圆柿、长柿、方柿、牛心柿、葫芦柿等。母亲家的柿子属于尖柿，特点是皮薄、肉细、个儿大，汁甜如蜜。

站在柿子树下，抬头仰望，每根枝条上的柿子都是密密匝匝，如辫子似的。那些被压弯了腰身的枝丫被父亲用一根根粗壮的树棍支撑着。

火红的柿子在渐黄渐红的叶子间裸露着，着实太诱人了。我兴奋地爬上高高的人字梯，一手托着手掌般大小的柿子，一手唯恐弄疼了它似的轻轻拧动蒂根处。当我手指触碰它时，我感觉到，柿子是情愿的，它情愿我用带有体温的手指去抚摸它冰凉的身躯，它受宠若惊地享受着我对它的这种待遇。我爬得高高的，似乎伸手就可以触摸到高空飞翔的鸟儿，我享受着居高临下的感觉，也享受着手掌里饱满坚挺充实的感觉。

只是更高一点的柿子我伸直了胳膊用尽全力怎么也够不着。

"为什么把高处的留给我们？摘起来可真是费劲。"我埋怨了起来。

"为了给你们留这一树柿，你妈可是伤神了。"父亲半天吭一声。

"为啥？留到低处，我伸手就能够到，多方便啊。"

"你妈从青果开始，就已目测了每株树的高低，比来比去，一会儿说留这棵，一会儿又说留那棵。你妈没文化，不知道什么是光合作用，但你妈用笨脑筋想，高处的柿子晒的阳光最多，肯定会比低处的甜很多。这个老太婆啊！又开始担心高处的柿子会被鸟儿偷叼，柿子泛橘黄时，只要一有空，就跑到田里来守护……"父亲像个特有经验的老果农，又像个受了委屈的孩子，断断续续地说着。

父亲就站在我对面的梯子上，忽隐忽现的光，落在他苍老的已渐干枯的脸上，我却哽咽着说不出一句话来。

我极力眨着眼睛，想把眼角那团泪水眨回去，然而，只是枉然。我努力地仰望蓝天，又俯瞰大地，柿子树下是母亲刚种植不久的油菜苗，一行行，矮墩墩，青绿绿，叶子油亮茂盛，挤成一团团浓郁的深绿。

这片浓郁的绿慢慢舔干了我眼角的那滴湿润。我高高地，高高地让秋日的阳光洒在我的脸上，在睫毛之间灿亮出温暖的感觉，像梦一样轻柔。

柿子满树摇香，香甜气息混在空气里，夹杂着淡淡的伤感和淡淡的幸福。

我们满载而归。

母亲去自家菜地割了把韭菜，已择干净给我装在一个白色的袋子里。

又拔了几把嫩嫩的菠菜，择好装在一个红色的袋子里。

又把早上打发父亲去几里外的镇上割的三斤五花肉蒸好，连盆装在一个黄色的袋子里。

又吭哧吭哧不打招呼跑到人家田里，弄了些苜蓿，蒸成菜疙瘩，装在一个绿色的袋子里。

又跑前跑后找来一个大点的纸箱子，一层层平铺好柿子。又想多带，又怕我提不动，母亲纠结得啊！

接着，又找来一个小的纸箱子，把一些已经软了的柿子，像放鸡蛋那样小心翼翼地平放好，说回家娃娃马上就能吃……

我责怪母亲带的东西太多,七零八碎的,母亲又把红色袋子里的东西掏出来,挪到黄色的袋子中,又把白色袋子里的东西挪出来,放进绿色的袋子中,一片繁忙。

一个小时过去了,母亲一双青筋暴露的手就这样把东西掏出来,又挪进去,挪进去,又掏出来,反反复复。一张布满密密麻麻皱纹的脸,在五颜六色的袋子中,自言自语,乐此不疲地开出了一种名叫幸福的花。

厨房,是母亲一生最荣耀的阵地。她用尽毕生的精力就是让子女吃得饱饱的,喝得足足的,穿得暖暖的。

柿子红了。

是的,像火一样红。

在那灰褐色的枝丫间,在红色微枯的叶片间,我看见了,看见了一颗像柿子一样火红的母亲的心。

柿子红了。

是的,红了又红。

在那红灿灿的柿子中,我看见了,看见了或长或短的生命的轮回。

柿子红了。

是的,红透了天际。

在这火红的十月,在这人来人往中,我看见了,看见了我们母女一场的幸福!

母亲的扁担

熄了灯火。

夜，便从窗的缝隙中涌来，与我温情相拥，低语呢喃。透过纱窗，一弯弦月，依苍穹而悬，黄莹莹，像是展开在枝头的菊花瓣，又像是荡漾在母亲肩头的弯扁担，更像是母亲日渐佝偻弯曲的腰肢！

这优美的涟漪，将幽静夜晚的心灵世界，以诗意的方式氤氲开来……

重拾那些被无数汗水浸染过的扁担的记忆，今夜，我便无法再安然入睡。

清晰地记得，我家黑色木门后面的土墙上，钉有一个长长的钉子，钉子上常常挂着一根长长的扁担。

扁担扁而长，血红锃亮，两头垂吊着黑黢发亮的铁钩。它便是母亲最亲密的伙伴。

母亲在兄妹四人中排行老大。我从小就未见过外祖父。常听母亲说，她只是朦胧记得外祖父的模样，在大舅刚会走路、小姨还在怀中、二舅刚出生时，外祖父就因病过世了。家里没有了主劳力，拉车扛麦、挑水磨面等苦力活，就全压在外祖母和母亲的肩上。在同龄孩子还在撒娇或丢沙包的时候，母亲稚嫩的肩头已经多了副长长的扁担。

贫苦的家庭环境锤炼了母亲吃苦耐劳、坚忍能干的品质。

乡里乡村方圆几十里，母亲成了诸多老阿姨眼中最抢手的准儿媳。

挑水是个苦力活，在乡下，一般都是男人们的活，谁家男人能忍心看见那粗糙沉重的竹板儿，压在自己心爱的女人肩头，磨出几道血肉模糊的血痕来呢？

那些年，祖母体弱多病，常年卧床不起，父亲因在县城单位上班，每天早出晚归或常出差。于是，扁担就像一条蜿蜒爬行的红毒蛇，顺着母亲白皙浑圆的脖颈死死地盘踞栖息在肩头，不肯离开。

初冬，当月亮还在云床上酣睡时，母亲便离开了温暖的被窝，扛起了那根冰冷的扁担。扁担两头的铁钩上摇晃着两个大铁桶，发出幽微而清脆的叮当、叮当声，母亲一路咯吱咯吱走向村南头那口水井。当我还在睡梦中时，被一声短而有力的"嗨"和水花声惊醒，便知道，母亲回家了。待我起床时，母亲又将身影浸没在皎洁的月色中，两个铁水桶晃荡在清凉的迷蒙中，冰冷的路面无限延长了母亲那有节奏的脚步声。

"嗨哟！……嗨哟！"

清凉的月色中，大大的水缸需要母亲来来回回挑上七八次才能满满当当。一个个巨大的响声，缸中水花四溅，如飞珠滚玉一般，与母亲的汗水交织着，在轻柔的月光下，如朵朵白梅，纷纷飘落。

这时，母亲用酸痛的手，毫无怨言地拍拍身，接着利索地把扁担挂在黑门后的钉子上。

阴冷的雾气中，天边出现淡淡的霞光，像灼灼桃花温柔地晕染着大地，又像是鲜红的血色朦胧着我的心头，隐约生疼。看着母亲头发上、眼睫上，阵阵蒸腾的水雾袅袅绕飞，与霜花结伴同行，不知是霜花感染了水雾，还是水雾融化了霜花，一半水朦胧，一半霜洁白！

烈日当头，母亲便用树叶编织一个凉草帽戴在我头上。我手拿一根稻草，一蹦一跳，左戳戳，右打打，跟在母亲屁股后面，去享受井口的清凉。

男人们，挽着裤腿，光着膀子。女人们，丰满肥硕，体香微醺。他们拥在井口那块常被风吹雨淋的石板上，或八卦着村里的新闻趣事，或爆笑调侃几句李家新娶过门的小媳妇……眉眼清亮的小媳妇涨红着脸，忙低下头去，慌乱地用手捋着额前的几根头发，直直地望着被井水打湿的脚尖，或抡着辫子转身望着搁在水桶上的那根扁担，只是笑着，不说话，嘴像恬静的弯月，盈盈的。男人们则在一阵得意中狂笑。如有长者来挑水，一阵阵诡异的笑声便消失在滚滚热浪中，清风也便吹走了他们全身躁动游走的荷尔蒙。

我扒着井沿，瞅着无比深远的黑黢黢的一片，一股清凉袭面而来，大人们就取笑我："这井水是从银河直泻而来的，你小娃娃，哪能望得见底啊！"顿时，我对挑水间嬉戏的大人们充满了崇拜感。

母亲牢牢抓住井绳，铁桶嘭的一声，落在水面上，一圈圈涟漪随着水桶的落下荡漾开来。随着井绳的突然紧绷，便知铁桶吃进了水，母亲撅起屁股，右手用力咯吱咯吱地摇着那个被日月打磨得光滑湿润的木辘轳，左手再时不时摆动着紧绷的钢丝绳，使其一圈一圈紧紧地缠绕在辘轳上。桶底清冽的水再淅淅沥沥像细雨似的回到井里，在骄阳下透明得像串串珍珠，耀眼，光滑。待第二桶也打满时，母亲便拿起扁担，用铁钩钩起水桶，弯下腰，一只手扶着扁担，侧身，一只手抓起铁钩，将一百斤左右的扁担稳稳地放在肩头。

水桶中两个明亮火辣的太阳，被晃荡的水花搅动得支离破碎，水桶四周喷射出的小水珠，肆无忌惮地和滚烫的土地亲吻着，与泥土融为一体，凝结成无数个小泥球，飞溅在母亲用力气丈量往返路程的千层底儿布鞋上。我痛恨极了这些家伙们，便用手中的稻草狠狠地抽打它们。但，随着母亲腰肢轻扭，辫儿轻甩，脚步迈动，手臂摆动，扁担变成了优美的绝句和律诗，发出咯吱咯吱的响声，我又觉得特美！我讨厌这种从母亲的骨头缝里发出的有节奏的声响，讨厌这种童年。说实话，我没有觉得这样的童年有多美。小小年纪的我懂得，扁担像一股邪恶的龙卷风正捆勒着母亲的肩膀，扁担更像一把利剑正切割着母亲的肌肤！我常常心疼，常常偷偷抹泪！

春去秋来,母亲从来舍不得让我去扛一次那个被她用血肉和汗水打磨得光滑的扁担,哪怕是根空扁担。却心甘情愿让自己年轻的肩膀一直被日月星辰的汗水依偎着!

现在,那些挑水的日子虽已远去,扁担,也从我们的视野中消失了,但母亲那轻扭的腰肢,轻甩的辫儿,我却怎么也无法忘掉。

星辰啊!如果你能听见我的祈祷,我不祈求大富大贵,也不祈求鸿运当头,只祈求可以让腰身日渐佝偻的母亲,美美地再伸个懒腰!

今夜,我站在月色中,听鸟鸣啁啾,看繁星点点,却怎么也看不清有多少的疼痛与酸楚,在母亲的肩头晃动……

五月的甜瓜

曼兰的女儿小七最爱吃甜瓜,这个事儿大家都知道。

曼兰的母亲最爱买甜瓜,这个事儿大家也都知道。

母亲庭院门口那棵柿子树,在五月天里,枝叶早已铺天盖地了,叶子葱茏繁茂,密密匝匝的,像是从天空飘下来的绿色的云雾。走进云雾里,那一树树、一枝枝的小柿子,绿莹莹,像一群风华正茂的妙龄少女挤在一起。它们并不羞羞答答,而是仰首侧脸,眺望着不远处粗壮的秸秆上,那一朵朵蓬乍乍的麦穗。

母亲一手拿着一个夹了厚厚一层辣椒的馒头,一手提着刷着蓝色油漆的靠背小竹椅,和邻居家九十多岁的阿婆坐在柿子树下,一口一个月牙地大口吃着。

"小雪妙"则和邻居家的"语仔"为了同时钻进一只拖鞋而厮打纠缠着。"小雪妙"抖抖爪子攻击着,滴溜溜转着眼珠,扭动着身子,右前爪反复伸缩试探着。"语仔"鼓着圆圆的肚皮不甘示弱地防备着。于是,母亲的鞋子上,落满了一根根白的、黑的、黄的细茸毛。母亲跺脚呵斥一声,"语仔"便藏着脑袋、甩着尾巴顺着墙根窗户下那堆废弃了的竿子,唰的一声跳上墙头,再回头斜着脑袋偷窥一眼,溜回了家。

"小雪妙"则喵喵喵地跟母亲撒起了娇,母亲咪咪地叫着把已放进口中的馒头再掏出一小口施舍给它。

母亲一边看着西边彩色的天空,一边念叨着:"也不知一个礼拜前送给曼兰的那袋子甜瓜她们娘儿俩吃完了没。"

一周前,母亲就给曼兰打了个电话。提起那个电话,母亲就有点着急上火。

母亲咬了口辣子馍馍,轻轻踢了踢仰卧在鞋子上独自玩耍的"小雪妙",费劲又自豪地摁着十一个不成规律的阿拉伯数字,这是母亲使用现代通信工具唯一能记住并刻印在脑海中的一个号码。

嘟——嘟——嘟——,母亲张大嘴巴准备随时"喂",耳朵里传来却是:"您所拨打的电话暂时无人接听,请稍后再拨。"

不知是辣椒的原因,还是打不通电话的原因,母亲只觉得胸口有团蔓延燃烧的火,压得她出不来气。

母亲嚼着最后一口馒头,"小雪妙"在母亲左右脚下迈着猫步绊来绊去,一不小心,发出喵的一声惨叫。

"我给曼兰说,超市的甜瓜不要买,看着白里透黄,挺诱人的,其实,味道像黄瓜,没一点甜味儿。"母亲自顾自地说。

"小七,俊俏的娃儿,甜着呢……"阿婆拄着拐杖也自顾自地说。

"我知道朱家村的铁牛有一小棚甜瓜。那天,我专程走到瓜棚去,才知道,人家不卖,是什么有'鸡'的,就是没有打过农药的意思,是特意给城里的孙子种的。"母亲不管阿婆能否听得见,只管一股脑儿地说着。

"不行,我也得给曼兰买上几十斤,小七最爱吃甜瓜了,打过农药的吃不得。"母亲吞咽下最后一口馒头,起身一瘸一拐地走到毗邻的朱家村。

母亲年轻时,满身的力气。当她毫不吝啬地使完所有力气时,生活回报她的则是腰间骨质受损并严重变形,总是疼痛。

"我家闺女也在城里呢!和你闺女一样,也是坐办公室、弄电脑的!不是给私人打工小小的一间房那样!火车,你坐过吧?咱闺女曼兰就在铁路那个行当里上班,单位大着呢!天南地北,远到外国呢!"母亲骄傲又讨好似的套着近乎。

"今年雨水多,花蒂坐瓜时不幸遭遇一阵大风大雨,眼瞅着将要落果,结果全泡汤了,可是心疼了我那些瓜了,孙儿也没赶着趟儿吃上。"铁牛用沾满绿色汁液的手拨弄着他满头的白发,惋惜地说着。

"这不,第二茬瓜我和老伴日夜轮守着,生怕被雨淋着。"铁牛点燃一支烟,坐在土垄边,用粗糙的手指夹着,缓缓放在嘴边,狠狠吸一口,却闷了好久才轻轻吐出来,留下的是无言的痛,吐出的是无言的疼。

后来才知道,他的大孙子,一米八的个头,帅气阳光,就在高三马上高考那年夏天,不幸遭遇了车祸。毫无预兆地,命运和铁牛开了个一生都无法接受的玩笑,孙子早早地永远离开了他。

那年,伤心欲绝的铁牛,再也不是人们口中魁梧得跟个牛一样的铁牛了。白发人送黑发人的撕心裂肺,痛入骨髓的他哭喊着天:为什么啊?天不灵。他捶打着地:为什么啊?地不应。

一夜间,炙热的痛舔干了他眼中的泪。

一夜间,夹着甜瓜香甜的风染白了他满头的乌发。

"我外孙女和你城里的孙子一般年龄,正是长身体的时候。娃们在外面吃个放心瓜,咱在家也安心,是不?老哥,只要娃们健康平安,咱还有啥怕麻烦的,还有啥舍不得呢?你说,是不?"母亲给铁牛掏心掏肺地唠叨着。

不知铁牛是被母亲疼爱子孙的执着感化了,还是想起了他那入土的心尖肉大孙子,或是想起了心肝宝贝——活蹦乱跳的小孙子,便拍着大腿痛快地答应了。

"是这,你明天早上八点来瓜地,我给你弄上十斤。"母亲长出一口气,眉眼可算是乐弯了。

母亲摸着黑回来,一抹月色朦胧地笼罩着母亲和地上母亲的影子。一路上,母亲顾不上听虫儿在麦田里啾啾鸣叫,只想尽快回家给曼兰打个电话。

村口,二婶在麦田小路上,借着星星的点点弱光,看着影子,辨出是母亲。母亲顾不上和她们闲聊,生怕别人知道她明天早上要去铁牛家买甜瓜而被人尾随,也生怕铁牛一夜间变了卦。她得赶紧回家,给曼兰打个电话,告诉她千万不要买超市的甜瓜，她已经买好了，明儿就送过去。

月光下，"语仔"和"小雪妙"又在那废弃的甜瓜竹竿下"光明正大"地约会，阿婆只是低垂着眼睛，好像很享受似的，听它们窃窃私语。

"我不愿意睡在看不见星星的屋子里，我这辈子是伴着星星度过每个漆黑的夜的……"阿婆低语呢喃道。

只有"小雪妙"懂得阿婆是想念她那个已去世六十多年的老汉了。阿婆三十多岁就守寡。她坚信自己的老汉从未离开过她，他一定是变成了天上的星星，每个夜晚都会来陪伴她安心入眠。

"曼兰，曼兰，我明儿去城里一趟。"母亲扯着嗓子说。

"妈，你别跑了，一袋子甜瓜沉着呢！大老远的，再说，城里哪儿都有卖的，超市、菜市场，多着呢。你这不是把石头往山里背嘛！"曼兰埋怨地说。

"不一样，超市里都是为了卖钱，这个是老品种，个儿不大，瓜可甜了。"母亲极力地辩说着。

"你别跑了，不嫌麻烦，抽时间我回去拿。"曼兰故意生硬着语气，心里却无限心疼着母亲。

"你还要照顾小七，天热，我在家没事。你别折腾了，我明儿就送去啊！"

母亲不知怎晓得村里有个明天早上九点去火车站接人的顺风车。

母亲就像中了头等彩票一样兴奋着，头一天晚上就收拾好装甜瓜和蔬菜的袋子。

为了到底晚上摘菜还是明天早上摘菜，母亲和父亲可是争执了一阵子。

"我去菜地，给曼兰割点韭菜，再弄点辣椒、茄子和包包菜。反正，不用人出力。"母亲兴奋地说。

母亲对于这个突如其来的"顺风车"显得格外激动。

"时间来得及，用得着黑灯瞎火吗？隔了一夜，哪有刚摘的新鲜？"父亲故意哄着母亲。

为了能让小七及时吃上新鲜的甜瓜，也为了不耽误人家接人的时间，母亲踏实又兴奋地不知道一晚上瞅了几次钟表。

天不亮，月亮还睡眼蒙眬地打着哈欠，母亲就起床了。

母亲独自又匆忙地走在那条又细又长的安静的小路上。

待母亲顶着月色敲打着铁牛家的大红铁门时，铁牛老伴摇着头满脸忧愁地说，铁牛早已踩着露珠到甜瓜地头去了。

母亲远远就看见，一个白花花的脑袋在翠绿中穿来穿去，已驼了背的腰弯下去，摸着一个又一个挂在藤蔓上的甜瓜，轻柔深情。

"孙啊！爷爷种的甜瓜熟了，你可来到爷爷的地头尝一口啊！好好努力读书，考个大学啊！"铁牛哽咽着，眼泪迷糊了双眼。

母亲看到憔悴的铁牛弯着腰在甜瓜地里走过来又走过去。母亲知道，这是他凄凉的心在与大孙子的灵魂酸楚地唠叨。

"老哥，你看今天的天气多好，天瓦蓝瓦蓝的。眼看着咱们又能舒坦地吃上今年的新麦面馍馍了，还不知道明年能否吃得上呢。吃了新麦面，我们就有力气了，又可以给子女们再送一年的甜瓜了。"母亲不忍瞧见铁牛憔悴不堪的背影，背过身偷偷擦了把眼泪。

"对，得活着，得好好地活着，吃了今年的新麦，明年还得给孙子种甜瓜呢！"铁牛抖擞着颓废的精神，好像瞅见了一丝耀眼的光亮，照得他的胸膛阵阵清爽舒坦。

"曼兰，你把袋子的甜瓜全部封好，原样不动地放进冰箱里，吃时提前拿出来，再洗干净。这样甜瓜始终是脆的。"母亲叮咛道。

"小七，甜瓜甜不甜？外婆给你送了十三年甜瓜了，明年，后年……外婆还给你送。"电话那头的母亲开心地笑了起来。

"给你妈妈说一声，红袋子里的辣椒是不辣的辣椒，白袋子里的辣椒是特别辣的辣椒，炒菜时……"

母亲因使劲扯着电话线，突然掉线了。扯掉线也是经常的事儿。

母亲费尽周折，终于让小七吃上了她送的甜瓜，母亲心心念念的一件事终于放下了。

故事到此也该结束了吧！

神奇的是，一个声音，又让母亲燃烧了起来，不惜走过几个村庄十几里路，又踏上了买甜瓜的路程。

暮色中，母亲站在门口，喊"小雪妙"回家，"小雪妙"和"语仔"鬼混在一起，听着母亲那喊远了又喊近了的声音，咂咂嘴，就是不吭声。

"暮色的明和暗，暖和寒，全是用来扰人的。醒着，扰你的眼，睡着，又扰你的梦……"阿婆拄着拐杖挪动着她的小脚慢慢往回走。

辣妮坐在摩托车上，双手搭在丈夫宽厚的肩膀上，高喊着什么，从母亲身边疾驰而过。

辣妮，是母亲的西邻居，原名叫郑香妮，因为她做事干练果断，风风火火，所以人们叫她"辣妮"。

辣妮原本是方圆几百里远近闻名的"甜瓜老大"。自从她那个出息的儿子大学毕业被国家公派出国深造后，她就把种植甜瓜的竹竿废弃了，堆放在自家门前的墙根下。那里却成了"小雪妙"和"语仔"幽会的乐园。

"明天后晌，得去大姐家帮忙摘甜瓜，你挑些上等的，给儿子留着。"辣妮扯着嗓门从茅房出来，一边沙哑地喊着，一边系着裤腰带。唯恐丈夫不照办，儿子吃不上甜瓜。

这个缥缈的声音传入母亲耳朵里，使她安静的血液又在身体里奔突。

母亲双手拽着大红铁门的两个圆环，咣当一声把大门扣上，便匆忙跑了过去要求一起去给小七摘甜瓜，差点撞倒蹒跚回家的阿婆。

阿婆不关心甜瓜是"有鸡"还是"乌鸡"，她只想着早点回家，让困倦了半天的腰身躺在土炕上，让僵硬的胳膊腿舒服地伸展着，安心地透过那扇她固执要求没有挂窗帘的窗户，看着天上的星星，做着那个做了九十年还未做完的美梦。她知道那个常常在梦中看见而醒来又变得模糊的影儿，就是天上的星星……

那天下午，淘气的小七被窗外火红的云彩吸引着，曼兰顾不上刷碗，就被穿着旱冰鞋的小七吵着拉着下了楼。

一到球场，小七脚下的五彩滑轮快速地旋转起来，追赶着一片又一片火红的云彩。晴朗的天空闪烁着星星，湛蓝湛蓝的天幕，就像一个辽阔的舞台。小七尽情地飞驰着，脚下协调有力，轻盈得像只飞燕紧贴着地面飞翔，带着曼兰在人群中穿梭着。

不知道何时，曼兰一看包中的手机，五个未接电话，全是母亲打的。曼兰又气又笑，她知道母亲有个习惯，就是一定要打到筋疲力尽为止，一次，两次……八次，十次，一点都不足为奇。

一周后，曼兰又在汽车站看见了被甜瓜袋子压斜了半个身子的母亲……

甜瓜很甜，一直甜到十三年后的今天。那个暮色苍茫的小路很长，长过我漫长的一生！

在南湖湖畔

从路上遥望南湖，已有好几次了，但每次都是匆匆而过。好像不体验"舟如空里泛，人似镜中行"的仙境，就是对门前这个新建公园的极大的不尊重。

特别是听到有人问："你去南湖了没？"或者问："南湖美不美？"一时间，几乎形成了一种压力、一种诱惑。

如果谁没有去过南湖，谁就好像要遭到周围眼神的质疑。这就好像成了件想做而未做的憾事，又好像是你对门前这面蓝莹莹的南湖欠了一笔情债。

今天，我的确收到南湖的一封情书，这次是真的要去了。

这里原是一片高低不平的梯形原野，零散地住着一些农户。还有一些被栅栏圈起来的羊群，自由散步的土鸡，有棒子粗大挺立的玉米、圆滚肥胖的黄豆，还有几个椭圆形的小小麦秸垛……现已是一座投资四亿，占地约一千亩，集苗圃、园林、水系于一体的植物园，于2018年国庆节正式开园。

南湖公园不同于其他公园，它以南湖为中心，周围建有各种植物观赏园并有配套停车区。南湖公园以陇海铁路为界分为南、北两园，南园为科研园，园内以科研苗圃和果林为主。

这个城市边缘的南湖,将成为市民休闲娱乐的好去处。

一想起那一碧万顷的湖水,我就兴奋不已。今天,就连太阳也兴奋地赶走了连续十几天的雾霾,暖暖地挂在湛蓝的天空,阳光洒满大地,洒满我心。

仰望着太阳,我要铆足了劲儿大刀阔斧、盛气凌人地走一走。

上了台阶,四周什么苍松啊,翠柏啊,银杏啊,皂角啊……亭台啊,楼阁啊……都没能挽留住我。一口气冲下台阶,瞬间,整个人被这耀眼的湖水淹没了。我的双眼看不到除此之外的任何东西了,耳朵里除了一些隐约的轰鸣声和人潮的惊叹声外,再也听不到别的声音了。

一眼望去,这个占地约六百八十亩的湖正如西子,浓抹淡妆临镜台,又如画卷慢慢展开,楼阁巍峨,流光溢彩。

十二月的湖面上已结有一层薄薄的冰,远远望去,宛如一块无瑕的翡翠,在阳光下闪着美丽的光泽。近处冰已消融的湖水蓝蓝的,蓝得纯净、深沉,蓝得温柔、恬雅。

这时,你一定会和我一样,不知该从哪条小径跑下去亲近它。当你真正漫步于湖边的碎石上时,你又会发觉,平静、清澈见底的南湖,除了能让你动心,还能让你静心,走着走着,恍惚间,你会觉得时光变得曼妙了,往事也变得温柔了。

你会不由自主地蹲下,捡起一个可爱的卵石,静对着这闪烁着点点金光,魔幻地变化着银白、淡蓝、墨绿的清冽的湖水时,你会不会想到这定是千万条五彩鱼的影子呢?你是不是也会和我一样，轻轻敲击着薄冰，妄想着会和东北神秘的查干湖一样，让水底鲜活的鱼接二连三、成千上万地跳出水面，那壮美的收获场面会不会燃烧你的整个身心呢？

横跨于南湖南北两岸的是一座大红色的造型宛如帆船又如一条腾空而起的巨龙的大桥。走在木质的桥面上，脚底下会发出细微的咯吱咯吱声，桥西侧是一排排藤椅，有休息的老人、玩耍的孩子，还有情意缠绵的情侣……

看那位女士面若桃花地娇羞着，想必，那位男士一定说过沈从文那句："我走过许多地方的路，行过许多地方的桥，看过许多次数的云，喝过许多种类的酒，却只爱过一个正当最好年龄的你……"

此刻，置身于湖中心的你，看着银涛万顷、浮光跳跃的湖面，一定会把世事撇在一边，好似世事都已远离，静得只剩下你一个人，循着内心那深深浅浅、忽远忽近的呼唤，在等一个人，一个在桥头出现的人，一个与你相逢、听你诉说的人。

走过木栈桥，来到玻璃绣桥。

走在约一千米长蜿蜒透明的玻璃绣桥上，与一道残阳相拥，和鱼儿一起融入"半江瑟瑟半江红"。晚霞映照，湖面瞬息万变，绚丽无比。没有一声虫鸣，没有半点波浪，清幽，神秘，朦胧，行走于它温柔清凉的怀抱中，好像置身于童话世界一般。

继续穿行，前面平静的湖面上唯一动的是两三只雪白肥胖的鸭子，不知道是冷的缘故还是因为我们的观赏而兴奋，一会儿高昂着头张开翅膀扑打着水面，溅起无数的水花，一会儿伸展着脚掌在水中拨动，荡起一圈圈波纹。引来一拨拨红色的鱼群，拖着扇形的尾巴在水中窜来窜去，那尾巴像薄纱一样轻盈飘逸。

跨过湖面，来到南岸，似乎已经能听见轰轰隆隆的巨响，似千军呐喊，似万马奔腾。

园林设计师利用了原有的地理特征，梯形的田地被打造成三四层高约二十米、宽约三百米的壮观瀑布。

施工的师傅们正在进行紧张的收尾工作。站在这气势磅礴的瀑布台下抬头仰望，你似乎已经看见那直泻而下的瀑布，激起一片片水雾，宛如白鹭千万，上下争飞，又宛如万丈轻纱，腾空飘逸，气势非凡，壮美无比。

站在这里，如果说《望庐山瀑布》的庐山瀑布是一个亭亭玉立、含羞带怯的少女；壶口瀑布像一个身材健壮、英俊潇洒的高原大汉；那么南湖瀑布在我眼里，就是风姿绰约、体态柔美的少妇。不信，你看，那在半空中交织的水雾，像云像雨，千鼓齐鸣，又轻柔曼妙。

在南湖，任我喜，任我游，有点放肆，有点顽固，有点真性情。走在松柏怪石间，你听，身体里绽放的是否全是安静又热闹的声音？

一直觉得，你走过千百条路，走过千万处风景，不一定都是喜悦。只有走在通向你内心的路上，一路见桃花溪水，见桑麻幽菊，见白雪皑皑，又见一颗没有一丝不安的心时，那才叫欢喜。

就这样吧！就这样做一个美好的人吧！让心缓缓地流着小水流，让花静静地开着，淡淡地香着……

原来，内心一直渴望有这样一个午后，一个能被一片静静的湖水感动的午后。

一个如花的笑

暮色沉沉,窗外一片白雾,像是被烧沸的大海蒸腾出的热气一样,缭绕飘荡。

下午六点,我一边瞅着钟表,一边扒着厨房的窗台,前倾着身子向外张望。锅里嘟嘟翻滚的热气弥漫我的脸。我探出半个脑袋,透过金灿灿、湿漉漉的银杏叶,在行色匆匆的人群中,着急地寻找着身着蓝白相间校服、后背黑色沉重大书包的闺女。

想着,风雨中的闺女会不会冷?路面会不会打滑?衣服是不是被淋湿了?肚子是不是也已饿了?

远远地,从白雾打着转儿的枝丫间,瞅见一个刚从门禁处掠过的身影,模模糊糊,若隐若现。但又断定,这就是那个我等待的身影,就是那个让我无限疼爱的身影。此刻,小小窗户内的我就像被注射了镇静剂一样,一颗翘望的心瞬间踏实安静了好多;又像是被注射了兴奋剂,一张焦虑的脸瞬间像绽开的花儿一样。

凛冽朔风中旋舞的银杏叶,像怕冷似的缩进温暖的黑洞里,一点一点诱出我深藏的记忆。

十一月的北国，天地已肃杀，水始冰，地始冻，万物始收藏，除却母亲的爱。

小时候放学时，我斜背着母亲用各种颜色的布头缝制的书包，蹦蹦跳跳走在被水雾笼罩的小土路上，满地残叶，四处萧瑟。

我的双手被冻得通红，牙齿也不听使唤地上下撞击着。饥肠辘辘的我急切想用热腾腾的食物来充饥御寒，却又不忘欢喜地穿梭于这剪不断扯不散的水雾中。一群孩子前后追赶着这悄悄从田地间漫到枯枝上、又从枯枝上无声无息地流动翻滚到家家户户屋顶上的白雾。那白雾像乳汁又似白色的缎带，婀娜缥缈。

广袤田地里七分绿三分黄的麦苗，也被白雾宠爱得绿莹莹，娇嫩嫩。清清浅浅、隐隐约约地将田地这儿一棵那儿一棵的老树也衬托出一种沧桑的美感来。

麦田间老树上的最后一片叶子也经不起细雨寒风的鼓动，在青色纤细麦苗的上空旋转飞舞，将最后绵长的思绪和满腔热情，都叠成重重的时光印记，像梦一样，轻轻地跌宕在千万个青青麦苗的耳畔。

村子，到处都是湿漉漉的，一切都沉浸在白雾中，若隐若现。来来往往的人很少，远远地只能听见杂碎的、间断的脚步声。只有那些撒欢追雾的大狗小狗跑来跑去，陶醉痴迷于这仙境中，头也不回地在田地间疯狂地追赶着，亲密地厮咬着，受了委屈的又吭哧吭哧喘着粗气从你腿旁倏地一下消失在白雾中，似乎又在积蓄下一次搏斗的力量。

在这细小杂碎的脚步声中，我早就知道路口的影儿定是母亲。母亲留着乌黑的齐耳短发，穿一件藏青色纯棉布外套，白皙脖颈旁露出父亲刚为她买的那件深紫色的毛衣的边儿，一双结实的沾有零星油渍的手中拿着刚从腰间解开的蓝色布围裙，正左顾右盼地在暮色里的沉雾中翘首等待。远远看见水雾中的我，母亲便赶紧上前小跑两步把小小的我搂进怀里，不停地哈着热气，捧着我红通通的手问："冷不冷？饿不饿？……"

"冷不冷？饿不饿？"一句再家常不过的话语，却温暖了我四十年的桃红柳绿，四十年的芦花雪白，四十年的光阴。

闺女进门时，我的母亲也在一百里外的屋子里正趴在桌子上，通过一层层电波把关爱导入她闺女的耳朵："冷不冷啊？吃饭了没？下雨了，要多穿衣服……"

几乎每天晚上差不多在一个固定时间，母亲都会给我来个电话，这是母亲一天当中必须做的且最为重要的一件事。

近两年，随着身边同龄老人的相继离去，花白头发的母亲似乎也明白了什么，电话也就打得越发勤。

"姥姥，我妈又让你上报了！"闺女兴奋地对着手机喊。

"呀，你妈咋又把我弄到报纸上了，都写我啥了？"电话中传出母亲惊喜又激动的笑声。

"写姥姥和姥爷摘花椒、摘柿子。我妈把姥姥写得可美了，我看后，都被感动了呢！"

母亲没那么多矫情的语言，只是一串笑声接着一串笑声。

母亲认识不了几个字，但母亲知道那些能认识很多字的人，在密密麻麻如蚂蚁一样的黑白的字里行间，能读懂她闺女笔下她这个母亲的心。

母亲没有祖母的那份优雅和柔美，也没有邻居婶子的那份知性和娇弱，只是凭着纯朴善良的本性、执着的信念无怨无悔地演绎着自己。她一生的芳华都献给了扁担、锄头、镰刀、土地、针线、灶台……一生的热血都毫无保留地献给了家庭和子女。

那两个被我吮吸到三岁、被哥哥吮吸到五岁的原本丰满的乳房，现在却像是被吸掉果肉、毫无弹性、满是褶皱的干瘪的葡萄。

原本性感上翘的臀部在七十年的日月中，也萎缩了。

母亲总是担心周围的人不理解她，不懂她。她想写，又不识字；她想说，又不会表达；她想释怀，但又无所适从！

母亲万没有想到，她的闺女能让她一次又一次上报纸。这是一件多么骄傲的事啊！女儿不仅让周围的人理解了她，还让天南地北的人都了解到，世界上还有这样一位平凡而伟大的母亲。

母亲笑着笑着却笑湿了眼睛，又在问："冷不冷？饿不饿？……"仿佛在说："我仅有的余生能给的，只有不舍……"

经古世事，大千万象的物语，秒秒不息，却转瞬轮回。也许，只有一个孩子的母亲，才可以看见一个孩子母亲的母亲心上那个如花的笑！

槐花飘香

晚饭后，本是和闺女来旁边的村子散步，没想到却陷于这深深浅浅、清清幽幽的槐花香中不能自拔。

"妈妈，你快来看啊，这儿有一棵槐花树！妈妈，你看那儿也有几棵。哇！那个屋子前面也有好几棵呢！"闺女不停地叫着、喊着。我随着闺女惊喜忙乱的手势连忙东张西望，目不暇接。

远远望去，槐花如云朵一般盛开着，白茫茫的一片，煞是壮观！在这里，不管是阳坡背洼、沟旁路边，还是村庄宅院的房前屋后，随处都是一片槐花树，绿中透着白，白中透着绿，宛若一场盛大的槐花盛宴，让人欣喜让人狂。春不语，能唤醒百花，槐花不语，怎也能如此沁人心脾？它到底汲取了怎样的阳光与雨露，到底以怎样的盛情馈赠于我们每个人？带着种种好奇，我打算好好探个究竟。

走在乡间的羊肠小道上，踩着湿漉漉的泥土地，听着虫鸣鸟叫，闻着春风中的槐花清香，我感觉如此静谧而幸福。

这边的小槐树才刚刚露出嫩绿的芽儿，就已经挂满了泛着淡淡嫩绿的乳白色的小花瓣，含苞欲放，如翠如玉。那边的老槐树已经花开满枝。这也许是其一生中最繁茂最骄傲的时刻，一朵朵玲珑剔透的花瓣，努力地簇拥在嫩枝上，编织出一串串丰满的花穗，拥满了整个树，一簇簇槐花在微风中不停地拍打着、簇拥着、嬉戏着……

老槐树下的老人安详幸福地照顾着小孙女，不时用她那干枯粗糙的手抚摸着小孙女光滑圆嫩的脸蛋。在自家庭院下看着身着粉红玫瑰色的小外套、搭一条翠绿烟纱散花裙的小孙女在老槐树的陪伴下一天天幸福地成长，老人脸上溢满了知足和开心。

庭院前面一片空旷的麦田映着高远的蓝天。我羡慕老人这种安静的田园生活，甚至妄想很多年以后也能拥有这样一个有着泥土、有着麦田、有着老槐树的小庭院。眼前的一切都深深地醉于我心田。

在这馨香中我闻到了儿时丝丝甜甜的味儿。小时候，母亲为了能让我们吃上一顿醇香的槐花麦饭，总是踩在凳子上去摘那些高不可及的槐花，再高一点的，也会不辞辛苦、不顾危险地攀爬上去摘。我和小伙伴们则在下面欢天喜地地仰头望着槐树，看哪个枝头的花最为繁茂，哪个花絮开得最为茂盛，不停地喊着、嚷着、指挥着。妈妈也会迎合我们的尖叫，用长长的钩子去钩最稠密的那一枝。我们在树下凝神屏气地仰望，期待一串串槐花应声落地。

妈妈给我做我最爱吃的槐花麦饭，再配上蒜泥、油泼辣子、白芝麻混合的汁，那味道，真是胜过山珍海味，令人回味无穷！

现在想想，吃的是香甜的槐花，享受的是母亲那温柔而深沉的爱啊！槐花可做的美食很多，但我就是钟情于槐花麦饭，因为这是妈妈的味道！

无论时间多久，无论走到哪儿，我都会情不自禁地回想起以前的生活点滴。也许梦的深处我有一个幸福的美好童年，我也会像母亲爱我那样爱着我的闺女，让她和我一样有一个值得她回味一生的幸福童年。

天黑了，我和闺女在槐花飘香中意犹未尽地往回走。老槐树只需一方天、一块地就能繁华、快乐、感恩地生长，闺女，你说，我们还有什么不可以做到呢？

请允许我骄傲会儿，再骄傲一会儿……

"你好！你的散文《槐花飘香》收到，写得特别好，文笔优美，感情细腻……"看到这条信息时，我先是愣了一下，接着睁大眼睛，双手捂住早已张大的嘴巴，惊呼一声："发表了！"兴奋得不知东南西北的我撩起微卷的秀发，转起迷你小伞裙，和同事相拥分享这令人怦然心动的美妙时刻，笑容里仍掩饰不住自己湿润的眼睛……

"亲爱的，我允许你骄傲会儿，再骄傲一会儿……"这是今天早上我告诉自己最多的一句话。

我喜欢在这世界里深情地活着。此刻，有心无心地聆听一曲《夜的钢琴曲》，趁着安暖，泡一杯铁观音，不饮，只是静静地欣赏杯中氤氲的雾气：一个人、一首曲、一杯茶、一帘幽梦……寂寞是这样叫人心动，安静诗意的夜晚总是这么撩人心绪，让人总想写点什么，总是忍不住去回味那些让自己嘴角微微上扬的事情，心中时常升腾起"我怎么可以这样幸福呢"的感叹！

幸福是因为我有一个对工作"无私奉献，兢兢业业"、对家庭"爱不动声色，却又坚定执着"、对名誉"实至名归，人格高大"的老公。

  我和他是同学、同桌，同年、同月生，现在又同床、同梦。仅仅以九元钱买的两个鲜红的本本就结束了六年青涩纯真的异地校园恋，现在想想多多少少像"韩剧"一样梦幻。因工作的原因，我们并不像人们想象的那么浪漫，大多时候我们都是各自忙碌着各自的事情。我对电话和邮递员的依赖远超过身边任何一个人，突然会笑，也突然会哭，别人都看我如"怪物"一样，指责我怎么那么傻。在最宝贵的青春里选择了不能在一起的六年，在最纯真的爱情里选择了六年的孤独。但，我却因拥有了一个可以跟我一样执着坚持的老公而骄傲着。我们的婚礼也没有像别人那样为了"巨额"的彩礼而发愁，也没有奢望商场里象征爱情的钻戒，更谈不上为了婚纱和礼服而奔波忙碌……刚毕业的我们还没有能力承受这些，一切删繁从简吧！以陪他加班到凌晨三点的特别形式告诉世人，世界上从来就没有约定俗成的婚礼，我们以不一样的色彩涂画着不一样的幸福，依旧很美！

  当我一次次憧憬美好未来时，当我天真地以为坚守六年两地生活会迎来以后几十年的长相厮守时，现实却一次次将幻想狠狠摔碎，那种突如其来的恐惧莫名地袭来。

  他，一走就是一年，把所有火热的青春和滚烫的汗水全部洒在千里铁道武广线上，日复一日，年复一年，与飞舞的黄沙做伴，与深山老林为友，以每天接打的一百多个电话为情……头顶烈日，把即将逝去的青春毫无保留地封存在这"奋斗"与"相思"纠缠的时间烙印里，毫无怨言地默默地奔波在大江南北各个铁路施工现场。

连自己都不会照顾的我，在冰冷的深冬无所适从地照顾着一个刚出生不久的孩子。"没奶粉了！"电话这头的我哽咽着告诉电话那头的奶奶和妈妈。心急火燎的奶奶告诉我先用面粉和点面糊糊给孩子吃。谁又知，撂下电话，年近八十岁的奶奶彻夜难眠，躺在病床上的妈妈更是泣不成声。没有米了，我就哄哄还不会说话的孩子："宝宝乖乖地躺会儿啊，妈妈去扛袋米马上就会回来！"我气喘吁吁把米袋子扛到六楼，开门看到凌乱不堪的场面，抱起掉到床底下哭得已没力气的小泪人，才知道养育一个孩子是多么的不容易，才恍然明白自己选择的路是多么的艰辛！

耳边开始飘过一些这样的声音——这个从一开始就标榜"忙"的人估计早已"移情别恋"了。不会的！但，心里却已轻轻地打了个结。半年过去了，不见人影，我想用"如胶似膝"的行为来击碎一切流言蜚语。

"回不去啊，工地太忙了，所有人都在加班加点，明天要检查，后天要做报告……"一年过去了，还是不见人影，身边的议论越发高涨，我坚定的眼神有点恍惚了，开始质疑我的选择，质疑这份没有任何物质基础的感情。即使二十个小时的站票，即使跋山涉水，我也要去看看他到底有多忙，到底在忙什么。撕心裂肺、无可奈何地痛着，我无法接受这冰冷残忍的现实。直到现在想起岳阳车站那个穿着宽大红T恤、顶着凌乱的头发的他瘦骨嶙峋地站在那里向我招手我就不寒而栗。天哪！是他吗？身高一米八〇体重却只有一百一十斤，长期日晒雨淋让他的皮肤失去了往日的光泽……明明是他却又实在不像他。

所有的酸楚、委屈、猜疑瞬间崩溃。亲眼看着他没时间吃饭，亲眼看着他几乎每分钟都接打着繁忙的电话，亲眼看着他和衣而睡二十四小时不关手机随时待命……我心里再次纠结着、撕扯着、疼痛着……

他用寒窗苦读得来的知识在这大山里无所求地奉献着，他可以吃尽人间所有的苦来换取对我物质上的弥补，来平衡自己内心的无限愧疚。他这种自动自发的敬业精神在现在的年轻人身上几乎很难看到。

当我看到一篇篇生产报道时，当我看到一个个鲜红的荣誉证书时，当我看到他的事业蒸蒸日上时，当我听到他的事迹传遍整个单位时，当我看到一个个坚定的眼神时……我深刻地懂得了"唯累过方得闲，唯苦过方知甜"，懂得了什么是真正的感情——是用一颗心感动着另一颗心，是用一种温暖融化着另一种温暖。

在以后平凡的日子或"反目成仇"的日子里，我会心血来潮拿出那块他当时花五元钱"巨款"在地摊买的一个核桃大小的石头，上面明晃晃地刻着三个鲜红的字。看着这块承载着岁月，写满寒酸凄凉故事的石头，又觉得这根本算不上昂贵甚至特别廉价的东西对我却是奇特的珍宝！我得给自己点个多大的赞啊！这得要多么博大的胸怀才能理解领悟这般至高纯粹的感情啊！

因为"相濡以沫"不是简单的四个字，真要做到，要历经岁月之火的淬炼，几近百炼成钢啊！当我们的相处超越了柴米油盐，去理解尊重彼此的时候，当我们产生发自内心的认同时，生活中还会担心有什么沟通不了，有什么问题解决不了的呢？告诉闺女以后也要像妈妈一样，找个灵魂高贵的人做伴侣，找个让人尊敬、有至高境界和修养的人一起生活。

请允许我为有这样的老公骄傲会儿，再骄傲一会儿……

"妈妈，这次考试我又是全班第一；妈妈，这次作文我的又是全班范文被传阅了；妈妈，冬季运动会比赛我是短跑冠军；妈妈，这次家长会你又是家长代表，要准备发言哦……"

"亲，你家孩子是怎样做到作文连续五十次被评为范文的？""亲爱的，你家闺女每次都得第一，你是怎样教育的啊？"

一时间，我们似乎成了明星人物，我似乎也能给身边人带来一种看似柔弱但非常有力量的坚忍美。

我始终记得龙应台写给儿子安德烈的那段话："孩子，我要求你读书用功，不是因为我要你跟别人比成绩，而是因为，我希望你将来会拥有选择的权利，选择有意义、有时间的工作，而不是被迫谋生。当你的工作在你心中有意义，你就有成就感。当你的工作给你时间，不剥夺你的生活，你就有尊严。成就感和尊严，给你快乐。"我只是以身教潜移默化地影响着闺女，在书香的家庭里"天真"地陪闺女一起成长。教育一直都是一个空大的话题，我只是带着闺女在平凡生活中寻找那些神奇微弱的小亮点，一个小惊喜、一个小错误、一块小甜点……用那些美的、有趣的、有意义的一切来填充、丰盈教育的内容。

幸福，在我心中，永远都不是短暂的快乐，不是转瞬的美妙，不是片刻的电光石火，而是一种平静的如同河流般深沉的感觉！

请允许我因为有这样一个敬业的老公，这样一个优秀的闺女，这样一个平静、知足、随心、淡然、善良的自己而骄傲会儿，再骄傲一会儿……

躺在诗意的光阴里安静会儿

身在闹市,一颗玲珑的心却常喜欢在南山觅一方净土,轻轻地、静静地、无声无息地醉于那场杏花雨,或那个竹篱小园,或那面青瓦石墙……

周末自然醒,带着这份诗意慵懒地走到阳台,看见湿漉漉的水泥地才知昨晚下雨了。大概是怕吵醒酣睡的人儿,所以又轻又细,如绢丝一般。千万条细丝,荡漾在半空中,清新妩媚,细细诉说着初夏的悠远,轻柔缠绵地滋润着我和大地。我俏皮地伸手触摸这如歌似酒、美在天际又醉在心间的来自大自然的礼物,润润的、凉凉的、爽爽的。透过烟雨蒙蒙依稀可看到郁郁葱葱的渭南塬,如滚滚绿波的梯田在细雨中缭绕,优美的曲线潇洒流畅,如诗如画,动人心魄,恍如仙境。那是人们向往的好去处,窄小的土路蜿蜒崎岖,两边有青草、野花、高高低低的树木,掩映着温婉细腻的茶客们。我欣赏他们能"偷得浮生半日闲"来这里享受静的甘美。

不知多久,这份安静的诗意被弥漫着清脆活跃的细小悦耳的滴滴答答声打破了,仿佛遇见了张志和笔下那位"青箬笠,绿蓑衣,斜风细雨不须归"充满诗意情趣的老渔翁。

一曲《云水禅心》悠悠扬扬地陪伴着窗外的嫩草、流水、花儿、人儿……如泉水叮咚，又如走马摇铃，时而深厚柔和，时而明亮清脆。一个人在厨房的方寸空间浅笑安然，暂离尘世的纷扰，静享安宁，精心为家人准备着丰盛的午饭，在面团和蔬菜的搭配之间，在锅碗瓢盆的碰撞之间重复着平日的生活，诗意的点滴无不慰藉着刚刚流失的美好时光。

清闲午后，醉倚纱窗，行走红尘，心却如莲，安静地取几枚新买的菊花茶，沸水冲沏，只见花瓣随波翻腾，又渐至平静，滤掉尘俗，抹去杂念。一朵朵黄色的小菊花独自逸然地盛开在透明的玻璃杯中，爽洁清新，盈盈动人。再放几块冰糖，叮咚清脆，待完全溶解，轻轻喝上一口，浅浅隐隐的一股清香顺喉而下，顿觉清新，一切释然，享受这种从万丈红尘的现实生活中返璞归真的感觉。

明月清风时，安排好闺女，手捧一本徐志摩的诗集，在深度的静谧中欣赏他轰轰烈烈无所畏惧的爱情，独具一格唯美唯真的诗歌，或者感受三毛放荡不羁浪迹天涯的灵魂，哪有精力心思再去琢磨那些功名利禄，那些红尘争斗？任尔窗外寒风苦，我却独自春暖茶香笑满屋。

如果有人说"诗意"是以丰厚的经济基础为前提，是衣来伸手饭来张口，是十指不沾阳春水的生活，那么，我想说，粗茶淡饭中一起打拼，相互扶持走过那些坎坎坷坷的人生路，也可以将诗意萦绕在日子的每一寸时空里。

听，你的耳畔是否和我一样回荡着陶渊明那句"结庐在人境，而无车马喧"？在此意境中你是否也和我一样静静咀嚼那一首首酸甜苦辣的生活之诗呢？

阳光下的优雅

周末清晨,小城淅沥着小雨。

雨滴柔绵,细腻。我撑着雨伞走向菜市场,清新的空气拂面而来,夹杂着风的温柔和雨滴的浪漫。

喜欢在悠闲的周末给家人做各种风味小吃。记得奶奶常说的一句俗语"正月葱,二月韭",意思是说正月的葱、二月的韭菜最为鲜美好吃。

目光巡视了一番,看见一位八十岁左右的奶奶正坐在一个竹藤编制的筐子旁,筐子上半部分掩着一个滚动着晶莹雨珠的白色塑料布,下面放着叶似翡翠、根如白玉的韭菜。奶奶用一双沾满泥巴的手一根一根慢慢地择着湿漉漉的韭菜,那么慈祥安静,那么优雅细腻,那么从容有趣。她微微下陷的眼窝里,一双深褐色的眼眸,悄悄地向我诉说着岁月的沧桑。

潮湿的空气里荡漾着泥土的清香,也许是因这位老奶奶和我已故的奶奶有着几分相似,刹那间,感觉有道光彩从心田闪过,流转着,涌动着,跳跃着,滑过我敏感神经的最深处,说不清是怜悯、心疼,还是亲切、喜悦。

回来后,脑子里还一直萦绕着刚才那个老奶奶某一个让我心动的神态或动作。为了慰藉一颗不安的心，泡了杯茶，透明的玻璃杯里绿绿的，淡淡的，萦绕着清香。思绪纷飞，心也仿佛被柔化成了一汪绿水，涓涓细流，悠悠地逶迤向奶奶择菜的远方。

那年春天，一个阳光格外明媚的中午，我带着闺女回家看望奶奶。

家人总是想着法子给我做各种好吃的，我和奶奶坐在小庭院有阳光的地方择着韭菜，院子里泛着新绿的树枝在阳光下舒展着腰身，小草也因我们的回家热闹地探出了头，几个孩子在院子里拿着玩具打打闹闹，好不热闹。太阳暖暖的，我被摩挲得很是舒坦慵懒，母亲则在厨房里欢快地和面、剁肉。

至今，我都一直疑惑，八十岁的奶奶怎么竟然没有一根白头发。一头乌黑发亮的头发，用一根发卡轻轻完美地揽在后面，干净柔美。在全家人的精心照顾下，奶奶精致的脸庞在阳光的映衬下更加红润有光泽，用历经人间疾苦、粗糙而温润的手拿起一小撮鲜嫩的韭菜，低头安详地轻轻地一根一根去掉所有的烂叶子，一点也不马虎地再一根一根认真整齐地放置一旁，那么安静、优雅。韭菜在奶奶的手中更像一件工艺品，满心欢喜地细细雕琢，慢慢抚摸，轻轻摆放。如有孩子来捣乱，奶奶则双手围成一个小圆形小心地呵护着韭菜，对孩子笑眯眯的，脸上洋溢着满满的慈爱，也会送一根已择或未择的韭菜让孩子当玩具到边上去玩。

因为奶奶知道要等待漫长的一年时间，才有口福品尝"二月韭"的鲜美，她把所有的爱和牵挂都编织在这翠绿的韭菜中。我从她安静优雅的眼神里懂得那份因为等待和敬畏而显得格外珍惜的欢喜。

在浮动着粒粒尘埃的缕缕光线中，老旧的竹椅发出吱吱呀呀的声响，就在这不经意的一瞬间，唤醒我内心的惊奇与欣喜。我发现记忆中的奶奶正焕发着一种奇异的光芒，优雅、温暖、细腻、从容、朴素、美好……

我被奶奶从容不迫的优雅滋润着，心则像一棵水草悠悠地舒展，正漫过我平日的那些平庸、浮躁和乏味。

"小乔，小乔！"我闻声寻去，是刚买菜时路上遇见的冀姐。她是我们院子收废品的，我让她免费取走阳台上我发愁多日、堆砌如山的几袋子旧书和一些较大的废旧纸箱子。

"冀姐，你先进来喝口水吧。"我总是习惯尊称她为冀姐。

"不用了，你能不能把那些废旧的东西搬到门口？我怕踩脏了你家的地板。"一张布满蜘蛛网一样皱纹的脸上，露出一排不整齐的牙齿，乐呵呵地说道。

我戴上胶皮手套，找了个一次性口罩，再穿上一件较长的旧衣裳，武装好自己，跷着我的兰花指蹑手蹑脚地清运着。

我滑稽的装扮让她不时地发出一阵阵清脆响亮的笑声，这笑声在一片繁忙中像一道道欢快柔和的阳光在空中荡漾。

她动作娴熟，从容地整理捆扎好一个个偌大的纸箱子，再像蝙蝠侠一样撑开一个大麻袋，把捆扎好的旧书整齐地放进去，黝黑粗糙的脸颊上滚动着一颗颗像钻石一样闪着光芒的汗珠，顺着几根凌乱的发丝缓缓流向她那丰满微翘的下巴。

待收拾完，我挺着酸痛的腰板，她的脸上则好像绽开了白兰花。笑意写在她满是灰尘的脸上，洋溢着今日满足的愉悦，早已分不清轮廓的嘴角上扬着美丽的弧度，那么绚烂，那么美丽！

看着几乎同龄的她，我总是充满了各种感激。

她常年栉风沐雨，为了生计而奔波，但在我这优越者的视线外，她身上有着一种特别的韧性、信念和乐观，她的人格像苍松一样挺立，葱郁！

艰辛的生活并没有让她失去对生活的烂漫之心，她生命的版图中也许没有高贵的头衔和丰厚的财富，但更多的是那份简单的知足和快乐。

这种从容的优雅，让我的心似乎变得更柔软宁静，也更宽容，我的生命似乎也变得与天地更亲近、更深刻了。

是啊！你可以风情万种，也可以千娇百媚；你可以香车宝马，也可以珠光宝气；你可以学历耀眼，也可以地位显赫……但你不可以满嘴浅薄，也不可以举止粗俗。这些朴素的优雅让我更坚信，优雅不仅仅是漂亮的代名词，不仅仅是华灯闪烁下养尊处优的美女们特有的东西，更多则是那些琐碎日子里熠熠生辉的善良、宽容、豁达、上进、乐观……

平日，我们努力地生活，看日出日落，听虫啾鸟鸣，感亲情温馨，体人生百态，我们所求的，难道不是人间最质朴的烟火幸福吗？

朋友，请将你的心温柔地安放于真实的烟火中，带一颗敬畏的心感知柴米油盐中的优雅之美！

我想把你娶回家

"我想把你娶回家,如果……"

朵朵白云悠闲地飘浮在火辣辣的天空中。

都奔四的人了,还真能心生涟漪再嫁一次吗?这点"野心"只有被在滚滚热浪中勇敢飞翔的小鸟嗤笑。

这是我一个在西安某大学做老师的女同学,在我微信朋友圈里那张"四菜一汤"图片下的点赞留言。

这天,小城持续高温,我只得五点半起床,趁着早晨那一点点的凉爽,骑车去菜市场采购今日的食材。

刚一下楼,一股热浪袭来。盛夏七月,骄阳似火,湛蓝的天空洒下耀眼的光亮,刺得人睁不开眼睛。空寂无人的马路被烤得软软的,一股难闻的焦油味儿充斥在空气中,惹得我整个胸腔所有的肺细胞在体内一阵又一阵地躁动不安。路边的树枝也煎熬难耐没有丝毫挣扎的力气,一动不动,树荫也蜷缩成一个个小小的团儿,叶子也蔫蔫地卷曲成一个个细长细长的卷儿耷拉在树枝上。

远远望去,整个小城正在被一股升腾的透明发亮的热气毫不留情地吞没。

在那点"野心"的驱动下，趁着家人熟睡，我带着盛夏狂热的温柔，悄悄买菜归来。途中，还不忘买了一束白百合和一枝火红火红的红玫瑰。我憧憬着今日的美味佳肴，想象家人的舌尖味蕾幸福如花儿一样绽放，就不由得咧开嘴，笑了。一路蓝天白云，我感觉一种无形的神力穿透生命，升腾出一种神奇的力量，竟然驱散开所有的热浪，让一切心甘情愿地做了我愉悦相伴的诗行。

家人，在甜梦中继续熟睡。

我，轻轻地、悄悄地、慢慢地、蹑手蹑脚地包揽所有的家务，再把刚买的百合花插进幽蓝的花瓶中。洁白秀丽的花瓣怀抱熟睡的花蕊，微微向四周轻轻地翻卷着，几片绿叶呈螺旋状分布在花儿的四周。我将花瓶开心地放在餐桌上，看着自己早起买回的花，经过我亲自剪枝去叶后，静静地在花瓶中绽放出妖娆的模样，成就感和喜悦感马上笼罩全身。我静静地期待闺女醒来后惊喜欢悦的那声尖叫。

再把这枝含苞欲放的红玫瑰，插进一个透明的细长玻璃瓶中。一片片灼灼如火的花瓣挨挨挤挤、层层叠叠地拥抱着花蕊。咦，这枝幽香醉人的红玫瑰不正像我吗？用颗红玫瑰的心紧紧热烈地拥抱朴素烦琐的生活。期待花开，感受细小、烦琐生活中那些无声的灿烂之美，竟如此奇妙。一股清凉的风轻轻掠过心田，我以新娘子般的心情捧着滚动着晶莹水珠的红玫瑰，放在我的书房。暗香浮动，期待花开的声音伴我在字里行间穿行。

唇齿间的酸与甜，是最直接的甜蜜的幸福。

是的，我休假了，休假前，我憧憬了不下四五种惬意的休假模式，各种游艇戏水，各种草原驰骋，各种异乡风情……不反对这些视野的拓宽，也很渴望更多的旖旎风光。但在我们铁路建设行业里一年难得奢望的几天相聚时间里，在孩子放松无压力的暑假里，我更想静静地为家人做一桌又一桌丰盛的家常菜。

一人在热气腾腾的厨房中做着青椒炒肉、西红柿炒鸡蛋、蒜拌豆角、素炒土豆丝，汤锅里小火咕嘟咕嘟翻滚着玉米排骨。

我把不同的菜盛入不同的盘子中，再一一摆放在餐桌上精美的汤锅四周。看着这满桌红的、黄的、绿的食物，都是自己烹饪的，快快来一张图，向朋友们分享我今日的美食。一种喜悦、踏实、自豪之感油然而生，真是妙不可言。恨不得把对家人点点滴滴、细细密密的爱都藏进饭食的细碎柔情中。想让孩子知道，妈妈的味道不只是舌尖上的酸甜苦辣，还有更绵长的爱；想让常年在工地奔波劳累不能按时吃饭的老公知道，家里不只是有个爱唠叨没见识的丑老婆，哼，她还有一手无人能及的能"拴住胃"的好厨艺。

想着，却被自己的一番折腾逗得前仰后合，便乐不可支地喊着："老公，女儿，开饭喽……"

抬头，此刻，天空飘来七个字——我想把你娶回家。

走进《论语》

"何如斯可谓之士矣?"

"行己有耻,使于四方,不辱君命,可谓士矣。"

这是学生子贡和老师孔子的对话。初读,感觉高不可及,琢磨半天,不懂其意,但又出于好奇,打算探个究竟。

今天,手捧一本《论语》,席地而坐,带着无比的虔诚和敬意,请求上帝允许我跨过千古沧桑,做一回孔子席前一个安静的学生,让这些古圣先贤的思想精华,在我的血液中欢快而浑厚地流动起来。

原来,世界上的真理,都隐藏在最平凡的烟火中,需要我们用一双慧眼去发现那些闪烁着光芒的古老智慧,更需要用颗恬淡宏阔的心去感受。

孔子用最朴素的语言告诉我们,一个人做事情的时候要知道什么是礼义廉耻,要用合理的规章制度和言行标准来约束自己,要有坚定的信念和高尚干净的灵魂,要有足够的内心修养,并有时代使命感,做对社会发展有贡献、有意义的事情。

这些古圣先贤的人生经验,穿越沧桑,传递到今天,我们依旧感到温暖。

"仁者不忧,智者不惑,勇者不惧。"

生活,不如意十之八九,我想,大多数人可能也会和我一样,不能正视生活中的缺憾和苦难,会纠缠挣扎在里面,一遍又一遍地问天问地:"这到底是为什么?"细细品味这些来自两千五百年前,开启心灵的古老智慧,让我在面对无法改变的事实时,还可以绕个弯。可以尝试改变对已发事情的态度,或尽力用自己可以做的事情来弥补生活中的缺憾,用明亮的星星来弥补错过光芒万丈的太阳,或许,会带给我们意想不到的惊喜。

我们必须学会化解生活中的遗憾,新鲜敞亮地活着,前提就是勇敢地强大自己的内心。

"君子居之,何陋之有?"

这使我想起"最贤的妻,最才的女"——杨绛先生。她如此优雅的一生,却又如此简约朴素,仅仅一张斑痕点点的桌子足以承载她所有的梦想。敢言这是"陋室"吗?

一个内心有恒定能量的人,他可以让自己周围熠熠生辉,强大的气场可以让一个简陋的地方变得充满光彩。

简单永恒的真理之所以千古不变地温暖着人心,它既是一种外在的灌输,更多的,则是对每个人内在的唤醒。

柳绽鹅黄惹春燕

柳丝长，桃叶小，深院断无人到。红日淡，绿烟轻，流莺三两声。

当我还迷醉回味于来自复旦大学附中小才女武亦姝那句"七月在野，八月在宇，九月在户，十月蟋蟀入我床下"的诗词韵味中时，也被窗外那袅袅垂柳上的一抹鹅黄撩动着心绪。

早起，蓬头垢面的我还眷恋着昨晚《中国诗词大会》中连连惊喜的美好，带着清晨第一缕阳光习惯地在我的"小婵园"席地而坐，也许是因一首首精美诗词的滋润，感觉今天又是个特别盛大的好日子。

书桌前木质格子花架上，放着数十盆绿萝，它们披着绿纱，打着卷儿，密密匝匝地拥在一起，把绿的心意编织成最美好的梦幻，馈赠于我。瞧！一枝枝纤细柔软的藤蔓像绿色的瀑布直泻下来，压根儿分不清到底是谁家的孩子跑出来撒欢。在清澈阳光的照耀下，整片婀娜的藤蔓愈显苍翠欲滴，闪烁着耀眼的光泽。嫩黄浅绿的新叶，像一个个蓬勃的生命，翠绿着，鲜活着，轻盈着，我已感受到春的气息在心底荡漾，温馨蔓延我的全身。

　　一声婉转悦耳的鸣叫，吸引着我连忙瞅向窗外，一两只鸟儿正在空中嬉戏打闹。它们飞过高山流水，飞过田野村庄，向我诉说着一年来千山万水的情谊。也许是对柳枝那一抹鹅黄浅绿的眷恋，也许是对我友好安静的喜欢，有一只竟拍打着玲珑光滑的小翅膀，轻盈欢快地在我窗前那一棵黄绒绒的柳树上停歇了下来。我不敢浪费每一秒钟，生怕眨眼的工夫错过它某一个玲珑的神态，完全沉浸在这难得的相遇中，轻轻地，静静地，隔着玻璃不敢有任何肢体动作，木讷地站在那儿。只见灰褐色的小脑袋上镶嵌着一双机灵调皮的黑眼睛，斜歪着脑袋，偶用小小嘴儿啄几下蓬松凌乱的羽毛，轻轻梳理着上面残留的冰粒，圆圆的小眼睛四处打量，像在觅食，又像在吸引异性。待我想用手机抓拍时，噌的一声，它扇动着翅膀飞向了情人召唤的方向。

　　呼吸，迷乱了；心跳，加速了……

　　蘸着鹅黄的柳枝似乎也在责怪我没有一颗圣洁纯粹的心，它们的悄悄话还未说完呢，竟让我的私心更乱了！

　　带着对柳枝的歉意，我下楼走进了园中，原来，牵动我眼球的不仅仅是那顽皮的小鸟，还有枯枝上鹅黄色的嫩芽儿。看着这嫩嫩的绿、淡淡的黄在料峭春风中摇曳的样子、娇羞的样子、努力的样子，惹人爱，讨人怜，不由得蹲下，凝视，忍不住用手去抚摸，用耳去聆听，叶子舒展的声音，涌动着，一种久违的清新在心底肆意地荡漾。我像傻了一样呆呆地、静静地驻守在这淡淡幽幽的奇妙时空中,心,则在这一抹鹅黄中悄然悠然雅然起来。

想起诗词大会上群英荟萃的百人团,想起妙语连珠的"飞花令",想起名师名家范儿的魅力老师,想起滋养心灵的婉约诗词:"春山暖日和风,阑干楼阁帘拢,杨柳秋千院中。啼莺舞燕,小桥流水飞红。"想起蒙曼老师在最后"巅峰对决"中送给每位选手的诗句:"劝君莫惜金缕衣,劝君惜取少年时。花开堪折直须折,莫待无花空折枝。"春天里有故事,有梦想,更有耕耘,老师的话给平凡的今日赋予了新的意义。

叽喳,叽喳,淘气的鸟儿带着它心爱的伴侣,在鲜嫩的新枝上继续莺歌燕舞地盘旋着,飞翔着……

芽的嫩黄,鸟的舞步,静与动的美妙,千万种风情,待我用颗干净、诗意的心去欣赏和描摹。

国庆，那些记忆的音符

今天，我们迎来了伟大祖国的六十八岁生日。

金秋十月，"祖国"二字让每个中国人备感亲切，"中国"二字也让每个华夏儿女格外珍重。

公园里，园丁们早已摆放了成千上万盆鲜花，五彩缤纷的秋菊和姹紫嫣红的月季，在枝头绽放；由无数藤木搭建编织而成的精美图案和靓丽造型，流光溢彩。道路两旁的树木上挂满了五彩小灯，在夜间如繁星点点；喜庆的大红灯笼沐浴着金秋明媚的阳光，和人们共享着盛世华年的幸福。"欢度国庆"四个字也火红火红地挂在每个企事业单位门口，一派喜庆。汽车上、店铺外、行人中，五星红旗随处飘扬。广场的大屏幕、家里的电视也放映着抗日战争、反法西斯战争的影片，记录历史的沧桑，演绎着人民如何历经磨难，团结一致，造就新中国。

人们在写满喜悦的笑容里，为祝福祖国的繁荣昌盛，涌动着一种澎湃的激情，燃烧释放出所有的振奋和欢乐，只为祖国母亲大声歌唱。

在这举国欢庆、万民兴奋的日子，那些不得不割舍的忧伤隐痛，在十年的岁月更迭中，早已变成风，变成雨，变成土。记忆的音符，带着殷实的祝福和希望，又变成了树，开成了花。

那年国庆，闺女不满三岁，手摇小红旗坐在爸爸的脖子上，在祖国生日的喜庆气氛里，欢快的双手在空中挥舞着，稚嫩的小脸上洋溢着欢乐。

"国庆放假，如果没事的话，你们带孩子一起回来转转。"父亲在电话中说道。

父亲的个性我了解，家中即使发生再大的事或对我们有再多的想念，只要他们能解决的，能克制的，都会用善意的谎言制造"一切安好，不用操心"的假象来迷惑我。

接完电话，我心神不定，火急火燎，匆匆忙忙赶回家。

我进门直奔奶奶的房间，奶奶微闭着眼睛安静地躺在床上，深陷的眼窝像两口干枯了的深井，嘴微微地抿着，苍白蜡黄的脸，看上去十分憔悴。我默默地拉着奶奶骨瘦如柴的手，眼泪不住地往下掉。

"曾姥姥，曾姥姥！"闺女趴在床边，扯着床单用奶奶最熟悉的童声喊着。

奶奶慢慢费力地睁开了眼睛，两瓣嘴唇像两朵生命垂危的花，有些干裂："我希希回来了，我娃乖得很。"奶奶执意要坐起来，我和母亲轻轻地把奶奶扶起靠在枕头上。原本就瘦弱的奶奶，现在只剩一把骨头，精致优雅了一辈子的她直到生命垂危时也不愿让人看到她邋遢的一面。叮嘱我给她整理好头发,还要我把刚给她买的没来得及穿的新毛衣取出来给她穿上。奶奶像一只受伤的猫蜷缩在宽大的毛衣中:"新社会就是好,你看这毛衣多柔软。"我一边给奶奶扣着扣子,一边强忍着眼泪说:"真好看,奶奶还是那么漂亮,等你好了,我陪你一起去晒太阳。"

一滴热泪顺着奶奶皱纹满满的眼角悄然滑落,在干燥的皮肤上留下一道道曲折的线。奶奶有气无力地呢喃道:"这次……我怕……我怕真是不行了,只希望老天爷再让我多活两年,再多吃两年的白馍馍,再帮你多带两年孩子,待她上学了,我就放心了……"

总觉得奶奶会和往常一样,休养几天就会慢慢好起来的,但下意识里又觉得,这大概是我和奶奶的最后一次相见了。

最终,一缕秋风还是吹落了那最后的一片叶子,我的眼泪再也抑制不住,夺眶而出,这无情的秋风啊!你卷起的烟雾模糊了我的眼睛,我再也看不见慈爱安详的奶奶了。

奶奶衣服的口袋里,留有生前我给她的三百元零花钱,被一个蓝白格的小手绢整整齐齐、一层一层呈对角状包裹着。

疼,一层层漫上来,撕心裂肺。

无数个寂静的夜哭着醒来,我不禁追问:还能否守在您的身边,拉着您苍老的长满老茧的手,看着您皱纹斑斑、温和慈爱的容颜呢?还能否依偎在您身旁,在阳光下迷醉您一根一根择韭菜的优雅呢?

秋风过处,草木不思量,自难忘。

今日国庆，又轻拾一段被雨滴落了十年的记忆音符，不敢触碰，却又在孤灯下灼灼生长，仿佛一切都在昨天，却又沧桑了十年。我独自站在充满浓浓节日气氛的小屋里，任陌上秋风无休止地吹落眉梢，轻轻问声：天堂的奶奶，您还好吗？

带着奶奶没能多活两年的遗憾，每年国庆，我都会给奶奶诉说我们伟大祖国的飞跃发展。

火车多次提速，为我们村外出打工的人提供了更多便利，您是不是也为参与铁路建设的孙女感到骄傲呢？

我们国家的医疗制度也发生了天翻地覆的改革，以前看不起病、看病难的问题，政府已经帮我们解决了，我们全家每个人都参加了新农村合作医疗，看病，国家报销呢！

退休职工的工资几乎每年都在涨，父亲的退休工资都快赶上我的了。父亲有钱花了，母亲也有钱花了，虽不是大富大贵，但也是平和幸福的。

我们家门前的小路已经变成了水泥路，村民们的钱袋子也鼓了起来，左邻右舍也都买了小汽车。

二〇〇八年，我国的首颗探月卫星"嫦娥一号"飞上了太空，到月球上拜访嫦娥和玉兔了。您是不是感到很神奇呢？是不是觉得不可思议？

我们的国家越来越强大，人民的生活也越来越富足。

从南疆的天涯海角到北国的雅鲁藏布江，从闪烁的东方明珠塔到西部边疆，到处都平安祥和，到处都是莺歌燕舞，欢快的心情盛满舒畅，宽广的胸怀蕴含着奋斗激情，感恩祖国的繁荣昌盛，让我们拥有和平美好的生活。

　　十月的天，十月的地，十月的风，十月的雨。奶奶，天安门前，翱翔蓝天的白鸽，您看见了吗？

初夏的香水味

今年的初夏,风儿依旧、叶儿依旧、人儿依旧……但梦里奇幻般地多了种遥不可及的清清淡淡的香水味。

梦见的东西,醒来就去实现,我想,这也是一种别样的生活。

初夏的清晨,带着女性的妩媚,我换了双精致的高跟鞋,手拎心爱的红色包包走在上班的路上,不冷不热的晨风像恋人一样抚摸着我的脸颊,滑过我的头发,又轻轻摇曳着我的裙摆……

阳光从密密麻麻的枝叶缝隙间投射下来,停放的车子、路上的行人、干净的水泥路上都印满了铜钱大小的粼粼光斑。我不由得抬头看两边早已在天空中纵横交错的高大梧桐树,那么高,那么绿,绿得那么沉,那么翠,那么憨,那么痛快,一缕缕细碎的阳光洒满嫩绿的叶片。看着这忽明忽暗、柔和而透亮的小光点,感觉此刻我就在华灯闪烁、光怪陆离的舞台上。

看着路边柔柔艳艳的花儿,葱葱翠翠的草儿,由衷地感谢自然馈赠于我们的这些舒适温暖的美好。高跟鞋清脆悦耳的噔噔噔荡漾着我青春的气息，路上的我似乎多了份柔美文静、自信优雅，发自内心地深情欣赏这如诗、如歌、如梦又不断浸入我心田的初夏风情。

梦里，我见到自己如奥黛丽·赫本一样精致，正焕发着轻盈淡雅的神秘清香，安静地生活着。

也许是这点滴芬芳的香水让我只想狠狠优雅地珍惜每一个当下，伴着对工作的激情我会奋发努力，伴着对家人的爱我也会幸福地经营。

相信在每个清浅的日子，我会带着诱人的香水味温情地生活。喜欢青翠欲滴的青草，也喜欢含苞的花儿；喜欢青葱的麦田，也喜欢飘逸的白云；喜欢旭日东升，也喜欢夕阳西下；喜欢晨醒的鸟儿，也喜欢晚归的牛羊……喜欢身边的一草一木，喜欢和它们一起温暖、柔和地品味每一种初夏的味道。

爱的回味

晚饭时，闺女用她的筷子给我的碗里夹了两只她最爱吃的红烧大虾。

我看了下晶莹软糯的白米饭上那两只鲜美红润的大虾，再望了眼还停留在她红红的眼角的一滴未干的泪，又瞅了下她那貌似平静又不平静的神情。

久久，久久地凝望，好像穿过了一条无边无际的时空长河，我凝望的目光和闺女飘忽不定的目光，在时光中交会。

我似乎明白了什么！

也开始"嗔怪"张老师用这种爱的最高浓度，惹得我们的眼睛就像窗外的繁星一样，擦了又眨，眨了又擦，甜蜜的心儿也以最优美的姿态，在暖黄的餐灯下微微颤动着！

究竟是怎么回事呢？

放学时，在人海中，我远远就瞅见了高挑的闺女。她一边低着头，一脸安静深沉，一边轻咬着丰润饱满的嘴唇。今日画风突变，怎不见往日的嘻嘻哈哈？怎么没有急切告知我学校的新鲜事？便猜到，闺女一定是有什么心事了。

"不开心吗？"我忙问。

"没有！"闺女低语道。

"老师批评你了？"我又弱弱地追问。

"最后一节课，语文老师张老师惹得我们全班同学都哭了。"她用压抑的声音哽咽着说。继而紧紧地搀着我的胳膊，像是自言自语又像是给我说："我就知道大屏幕上一定会有妈妈的文字，我知道妈妈的文字很美。也知道，妈妈的爱和其他妈妈的爱一样但又不一样。我看到其他同学在PPT上听到自己妈妈对他们所说的话时，都把头深深地埋在桌兜的位置，或直接埋头趴在桌子上，或用两只手捂着两个挂泪的脸蛋，低声抽泣着……

"我知道，我们和《秋天的怀念》的作者史铁生一样，平日里也会对妈妈乱发脾气，会惹妈妈生气，会让妈妈心痛。平日里的妈妈，也会像史铁生的母亲一样，会对我们有牵挂，会在风雨中注视着我们远去的背影，会把世间所有的爱全部无私地给予我们……

"我知道，每个人也都会有自责、忏悔、感恩……我看见平日严厉的张老师在窗前也偷偷地抹眼泪！

"大屏幕上，我期待又害怕看见妈妈的文字出现，当我听到唯美的文字时，心好像被什么东西猛然间撕扯着，眼泪也不听使唤地一直往下流……"

牵着闺女的手，我俩紧紧地依偎着一起往前走，穿过一片葳蕤茂盛的草地，各种香甜气息混在空气中，令人充满莫名的幸福感。这种幸福感，正以神奇的速度，细微地渗透而来。

我看着闺女圆鼓稚嫩的脸颊，再抬头深深地凝望辽阔天空的一片云彩，我知道此刻闺女的内心世界和我一样波涛翻涌，迷蒙的双眼，不知是被霞光的余晖灼伤了，还是被涂了层盈盈的泪光。

唤醒，多么富有启发意义的教育箴言！

孩子，妈妈不希望只是看到耀眼的分数，也不希望你整日被繁重的功课淹没而枯萎了一颗诗意的心，妈妈想让你懂得，成长比成绩更重要。妈妈希望你从生命中走来，把关于生命的精髓，再真诚地送还到生命中去。用一颗感恩的心在日常生活中去修行，努力提高个人修为，增强自己对生命的感受力，感受、接受美好，从而更好地认知自己，并不断提升自己爱的能力和追求幸福的能力！

我们不仅需要拥有爱的能力，而且还要拥有表达爱的能力。就像今天，我们因史铁生的《秋天的怀念》而彼此深情地懂得，爱和被爱一样美好。

妈妈，你快看，那边云彩中飞过好多只鸟儿……

看见了，妈妈也看见了那些隐藏在云彩中的欢快！

趁闺女不注意，我用我的筷子，又把我碗里的那两只肥美有爱的大红虾，悄悄地放回了闺女的碗里……

爱情，也许不是全部

有男人和女人的地方，就会有爱情。我永远相信爱情，但我不相信所有的爱情都能超越世俗，超越生活，超越自我。

心里一直默默地赞同这个观点，直到昨天身边发生的一件事，让这个一直封存心底的观点，在心中迅速蔓延，必须用文字的形式表达出来。

一对年近七旬的老夫妇在我们小区院内卖早点，我本以为他们经历一生的磨合早已珠联璧合，早已心照不宣了，以为他们早已成了我们年轻人的生活典范。但事实是：老太太不停地催促谩骂嫌弃着手脚发抖、动作迟缓、默不作声的老头儿。当我义愤填膺时，老头儿一句话惊了在场的所有人："国家给我发的工资，我为什么要给你花？"

我听了，一身冷汗。

也许每个人对于幸福的诠释和理解各不相同，但我还是固执地坚持着自己的想法。我的观点很明确，思路也很清晰，我想任何多元化的夫妻生活，都应建立在信任、理解、和平、包容、谦让的基础上，都应具备同甘共苦、相互尊重、相互理解、相互学习的最基本素养，唯有在同心同德的前提下，所标榜的隐私、独立、个性才可任性地享用。如果脱离了最起码的道德底线，这幸福还能叫幸福吗？

我百思不得其解。华发沧桑的女人，你究竟做了什么啊，能让这个陪伴你一生的男人说出如此冷漠的话？反之，再想想，这个有点驼背的迟钝男人又做了什么啊，让你们夫妻形同陌路？

爱情，也许不是全部，但，没有爱的生活是乏味的。

男人一生的高度很大意义上取决于背后的那个女人。如果你是个贤淑温柔、善解人意、相夫教子的女人，我想，你的善良定会感化那个或失意、或浮躁、或沉迷的男人；如果你平和、不贪婪、不见利忘义、不见财忘情，辉煌时为他骄傲，落魄时为他打气，我想，你的豁达定是他前进的力量；如果你是个独立自信，远离庸俗，有思想，懂欣赏，在漫长的人生路上不在乎他飞得多高、只牵挂心疼他飞得累不累的女人，我想，你的魅力一定会使他视你如珠宝。

女人是否是天使，很大意义上也取决于背后的那个男人。如果你是个有责任、有担当的男人，我想，你的女人一定会柔情似水；如果你是个有品质的男人，我想，你的女人一定会怀揣着甜蜜甘愿日夜操劳；如果你是个热爱家庭的男人，我想，你的女人一定不会清苦辛酸，定会光彩照人。

遗憾的是，生活，毕竟不似我想象中的那么美好。

当我们真正步入婚姻殿堂，从此相依为命，在不知不觉中，不同的价值观、人生观及几十年不同的家庭背景滋生的那些根深蒂固的思想分歧，会伴随着婚姻的阵痛，产生一次次争吵，一次次心碎，一次次磨合，直到最后要么互相接纳，要么分道扬镳，要么在同一屋檐下形同陌路……

今晚看到浙江卫视节目《一路上有你》（以"爱与离别"为主题），我被感动得泪奔，再次感慨：人生路真的是太短了！短得转瞬即逝，短得来不及珍惜。如果真的和你的爱人相处只剩二十四个小时了，你还会在乎那些丝恩发怨吗？还会恶语伤人吗？还会辜负短暂的生命彼此折磨而受煎熬吗？

短暂的生命，不管是男人背后的女人，还是女人背后的男人，我们真应该把每一天都当成最后一天来彼此珍惜，彼此疼爱，彼此搀扶，幸福地走下去。

一个"疯"女人的故事

她,是我们院子的清洁工。

第一次见到她时,一双粗糙的手,拿着一个硕大的扫把骂骂咧咧、横七竖八地扫着一大堆垃圾,飞扬的尘土中夹杂着各种纸屑、或红或绿的废旧袋子,风撕扯着她本就凌乱不堪的头发。

这个女人怎么总是逆风而行呢?空气也被她弄得乌烟瘴气,我掩鼻屏息,赶快冲了过去。被尘土包裹的她,我只能看到隐隐约约的模样,根本没有留下更多的印象。

在一个特殊的时机,在一个温暖的地方,我和这个有点特殊的"疯"女人,极其不情愿地待了会儿。

她,五十岁左右,粗糙臃肿的体态,蓬乱脏污的头发上随意戴了顶早已发黑的"白帽子",恐慌呆痴的眼神里充满了对整个世界的仇恨与抱怨。刚开始与我聊两句,说起家庭时,她稍有点残疾的眼睛总是在回避、躲闪着什么,刚还安静的她一下子暴躁了起来,竟然对我发出嘲笑!我便意识到,哪句不经意的话勾起了她沉重不堪的痛。

她开始像沸腾的水一样不停地咕咕哝哝。我不知道她在唠叨着什么，也不知道她在嘲笑着什么，只感觉我的耳膜好像被一张大网笼罩着，不停地嗡嗡作响，一句、两句、十句……太多的唠叨终于暴露她的遭遇——被抛弃了。那个曾和她一起度过美好生活的他在她这里突然彻底消失了，转过身便又开始了另外一个美丽的故事。

　　她不能理解，不能接受。她谩骂着，诅咒着，痛苦着，思念着……一次次将所有的思念转化成最深的憎恨，又将一次次憎恨转化成痛心的自欺欺人的借口，她装疯卖傻又一次次努力地寻找出口，但，迷乱的她却始终无从去找……是啊！那些曾带着热烈情感的生活将一去不复返，是谁都会伤心啊！痴情的她用一生漫长的时间痛苦艰难地思索着被抛弃的理由……三十年过去了，还是没有结果，唯一揪心的结果就是我们看到了她现在的样子！

　　一瞬间，我心头一紧，我心痛着她的心痛。我对于她而言，仅仅是个陌生的外人，谁又能想象得到她的亲人们又是何等的痛苦与无奈呢？

　　突然间，我想更加努力地好好活着，想更热烈幸福地活着！

　　也许她经历了太多的风雨沧桑，也许她经历了太多的煎熬恐吓。我不知道怎样的煎熬，能让一个如花似玉的女人沦落到这般不堪的地步。在这寒冷的冬夜，看着这口无遮拦、疯疯癫癫的女人，我的心隐隐作痛：好可怜的女人啊！我试图去安慰遍体鳞伤的她。

我想告诉她，那些过去的、那些酸涩的、那些不堪的、那些千沟万壑中深藏着的苦，就让它们随风而去吧！

我想告诉她，过去的时光虽辗转难眠过，但也欢欣鼓舞过呀！

我想告诉她，要学会做个内心独立的人，那才是真正的强大，这与婚姻、经济、外貌都无关！

你只要敞开心扉去寻找新的爱，用未曾感受过的爱来填满那颗纠缠伤痛的心，新的生活便会迎接你。否则，你纵然走遍天涯海角，你的心始终都会囚禁在那个小小的角落里，动弹不得。

大胆地去爱吧！在平凡的烟火中感受人间最美的温情，就像从未受过伤害。唯有如此，我们才能拥有一个全新的幸福的生活！

有一点心动

我喜欢张信哲的那首《有一点动心》。"我对你有一点动心，不敢相信我的情不自禁……"每次听到这首歌，我都会为自己生活中的点滴美好而怦然心动。

渭南城南有这么一个地方，它是庄稼的家园，是黄鹂鸟与布谷鸟追逐着四季的地方，小草、野菜在这里随处安家，每天清晨自有散养的大公鸡催叫它们起床……这样静谧美好的画面，是不是有点心动呢？

这么多年，我一直过着城市与田园相兼的生活。这里没有市区的喧嚣与车水马龙，没有琳琅满目、让人眩晕的商品，更没有熙熙攘攘的人群和让人窒息的被污染的空气……广阔无垠的田野、清新香甜的空气、来去自由的风，是我常心动于这田园风光的理由。

站在我家，目光越过低矮的院墙，就可以看到农家绿藤下的一个个瓜果，屋顶上飘起的袅袅炊烟。主人从门口抱回晒干的柴火，身后还跟着一条小黑狗……看到这些，你有没有和我一样有一点心动呢？

其实，想要观景又何必远眺，熟悉的地方也有风景。我们院子里的春天更是姹紫嫣红，百花飘香。单位门口西侧有棵玉兰树，是我2013年亲手栽植的，每年三月，玉兰花便热热闹闹挤满枝头；单位门口东侧有棵樱花树，也是花开满树，熙熙攘攘的。这时候，院子里喜欢养花的阿姨也闲不住了，她们挽起袖子、拿起铲子播种、移栽，三月的鲜活和明媚被温暖的阳光和勤劳的双手无限放大。我心动了。

初夏的傍晚，走在绿树成荫的院子里，随处可见一片祥和欢乐的气氛。你看，这边球场上的叔叔阿姨们跳着节奏感十足的佳木斯健身操，那边年轻的姐妹们随着广场舞的旋律翩翩起舞，手中的红绸潇洒地翻飞。如此活跃、灼热的场面，我心动了。

深秋的清晨，我被公鸡的打鸣声叫醒，拉开窗帘，东边地平线上才刚刚泛起一丝丝亮光，我伸伸懒腰，迎接新的一天。上班路上，晨练的老人们、着装精致的美女、戴着红领巾背着书包的娃儿们……他们脸上似乎都洋溢着幸福灿烂的笑容。我被他们的笑容感染着，心动了。

"下雪了，下雪了！"闺女在白茫茫的球场兴奋地喊着，跑着，疯着，一片、两片……千片、万片，雪花漫天飞舞。我被这冰雪王国的景色打动了，被手舞足蹈的闺女感染了，我心动了。

"我对你有一点动心，不敢相信我的情不自禁……"优美的旋律再次响起来……

习惯将平凡生活中的小心动、小高兴、小伤心、小确幸……

都一一记录下来，就算那么不起眼，那么不值一提，可它们的暖意仍能长留于我心。等时过境迁回头看时，仍会不由得呐喊：原来我一直被这个世界温柔相待！

芳华似水忆春节

窗外，轻盈的雪花一片又一片，洋洋洒洒，深情地缠绵着，光秃的枝干，枯萎的花草……清浅的日子，因冬雪而变得花影朦胧，暗香浮动。我爱极了这个飞雪纷纷的北方王国！

斟一杯记忆的美酒，倚窗独醉。

哦，快过年了！

顿时，心底拂过一丝轻柔的情愫，沉浸在一种极致美妙的感觉中，心尖在皑皑白雪中微微颤动的刹那，"春节"二字，提起，便思绪万千。

长大后，历经一个又一个春节，都已渐行渐远，只有小时候掰着指头盼着过年的情景，那种强烈的期盼和等候像幽灵一样尘封在记忆中，如陈年美酒，越酿越醇，历久浓香！

伴着冬雪，今夜，我缠绵缱绻于安详恬静的夜色中，闻着2018年浓浓的年味，在这冬日温情中回味着儿时过年的各种甜美，心潮依旧荡漾着那段芳华无瑕的悠悠岁月情，那种盼望穿新衣服的感觉和穿新衣服后久久的喜悦，仍隐隐荡漾在心中。

暮色时分，整个村庄笼罩着一抹轻烟，草木朦胧，房屋缥缈，一片轻盈的暮霭在大人的忙碌中、在孩子的奔跑中、在锣鼓喧嚣中沸腾起来了。

除夕这天，我家的厨房一定是热气腾腾的。记得小时候除夕这天，祖母和母亲一整天都是系着一个黑色棉布大围裙，挽着沾有面渍的袖子。拉动风箱的父亲，脸被灶膛的火苗映得火红火红的。祖母纤弱的手指和母亲粗壮有力的手臂不知停歇地煎炸着，蒸煮着，繁忙着。家人所有的忙碌和辛劳好像都与我无关，闻着空气中弥漫的年味，我激动幸福地穿梭在烟熏火燎的厨房中。母亲时不时用油光发亮的两根手指，捏一片正切的牛肉或刚炸好的花生米塞进我早已张大的嘴巴中，然后，笑眯眯地赶我走，让我出去玩，不要再在厨房捣乱。

我来不及搬小凳子，在小伙伴们七手八脚忙乱的簇拥下，连滚带爬撕扯着那条结实的粗布床单，笨重地翻滚到炕沿，气喘吁吁地抬头看看支架在半空中的那个黑色带锁的木质箱子。我知道，我的新衣服就藏在里面，强烈的诱惑使得我鬼使神差地把小伙伴们当成人肉梯子。当我踮起脚尖、伸直手指也够不到那个使我发狂的黑木箱子时，我调动所有的脑细胞，抱来了枕头，抱来了被子，把它们当作登高的阶梯。当我高高地站在半空中时，看着一双双清澈的眸子，一张张纯真的笑脸，看着小伙伴们齐刷刷抬头仰望期待的眼神，忽然有种君临天下的感觉。清脆无邪的笑声淹没在袅袅升腾的炊烟中。时不时还透过窗户偷偷地向外瞟几眼，确定此时母亲的身影还在厨房忙碌着，便小心翼翼地把手伸进母亲陪嫁的木箱内。触摸到那两身新衣服的刹那，我欣喜若狂，那颗期盼已久的心就怦怦直跳。我小心翼翼拿起新衣服，犹如宝贝似的，生怕自己不小心弄皱了它们，双手平放在热炕上，悬着的心才终得放松。伙伴们哗地聚拢在一起，簇拥的小脑袋分也分不开，就像欣赏价值连城的文物一样，那么虔诚，那么神秘。我的新衣总是能赢来伙伴们的一阵阵尖叫，少年的虚荣心在那一刻得到了无限满足。

我尽情地享受着父母对我的万般宠爱。母亲为我精心挑选布料，再用自行车带着我去邻村的小裁缝店量身剪裁。在冬日暖阳下，母亲骑行在乡间的羊肠小土路上，我依偎着母亲坐在后面懒洋洋地晒着太阳，感觉母亲的背就像是无边辽阔的大海，又如浩瀚璀璨的星空。我知道，母亲会把世界上最深沉无私的爱给予我。冷飕飕的寒风不时吹打在脸上，也不觉得寒冷，即使被寒风吹得睁不开眼，我的心也会含着微笑在阳光中飞扬，也会和阳光里一缕缕、一湾湾、一浪浪的生命一起歌唱……阳光明媚的日子，祖母和母亲在缝纫机上咔咔咔地把不规则的碎片布魔术般地做成一件漂亮的外套。心灵手巧的祖母还不忘缝上多个蝴蝶结作为点缀。

父亲从来都舍不得给自己花一分钱，一身灰蓝色的"中山服"工装，穿了一年又一年，但每逢过年，却会花巨款（二十二元）给我买件红面蓝里的"风雪衣"。"风雪衣"当时很是流行,伙伴们总是羡慕我的新衣时髦洋气的款式和火焰一般亮丽的色彩。还有那条多彩艳丽的竖条纹喇叭裤,让我走在人群中总是那么醒目。每次母亲把衣服洗干净后,都会晾晒在门口的铁丝上,那一抹耀眼的亮红,在蓝蓝的天空下随风舞动,那感觉,特美,特幸福!

终于熬到了除夕的晚上,对新年的渴望也达到了极点,明天就要过年了,激动,激动……

我把新衣服整整齐齐叠放在枕头旁,安静地躺在母亲旁边,却辗转难眠,侧耳细听公鸡的第一声鸣叫。天蒙蒙亮,鞭炮声就陆续响起,此起彼伏,外面锣鼓喧天,喜庆热闹在新年的空气里装也装不下。大人们乐得红光满面迎接新年的第一天,小孩子们更是欢呼雀跃。我一骨碌爬起,迫不及待地穿上新衣服,穿上父亲给我买的红皮鞋(单鞋,为了来年穿的时间更长),在镜子前左瞅瞅,右看看。母亲给我扎上她特意赶集买的两尺长的紫色丝带。父母让我在他们面前转一圈,再转一圈,眼里流露出无比的慈爱。此刻,镜子里微笑的我好像在对全世界微笑,一颗幼小的心已盛满了天下所有的幸福。

天色微亮,新年的空气中氤氲着清新的雾气,如白色的轻纱,神秘、朦胧而迷离,总有一种想伸手触摸一把的冲动。我咯吱咯吱地踩在落满白雪的鞭炮纸上,直奔伙伴家的方向,期待看到她们穿上新衣服的模样。雪花淹没了我单鞋的整个脚面,新年的雪飘落在我的脸上,亲吻着我洋溢着喜悦的眼角眉梢。小时候，不懂雪的诗情画意，也不懂雪的浪漫温情，只知道家家户户的春联、大写的"福"字映在圣洁的白雪中，红得那么耀眼，那么喜庆，一年的吉祥如意，一年的平平安安，一年的团团圆圆……在洁白晶莹的雪中，都可以看得见。噼噼啪啪的爆竹声、咚咚锵锵的锣鼓声、走亲访友的谈笑声都隐藏在老人喜悦眼角的流年皱纹中……

刹那间，我牵着匆匆的旋转年轮，已走过了四十年的山山水水。现在，每到春节，我都会把年近古稀的父母当成"孩子"来打扮，看到他们穿上我为他们买的新衣服时的温馨喜悦一幕，犹如看到当年父母为我穿上新衣服时的激动场景。随着物质的日渐丰厚，长大的我却再也找不到儿时过年那种强烈期盼的感觉了，再也找不到儿时为了穿上新衣服激动无眠的情愫了……我努力地想给〇〇后的闺女的童年里留点什么，就如同我的童年一样，因有爱而色彩斑斓，无论经历多少时光的风摧雨折，心房的一隅始终悄悄地、轻轻地、久久地安放一片风景、一段故事、一个名字……值得一生慢慢回味！

儿时，年少芳华一刹那的心动，便凝成了我一生的永恒，沉淀葱茏在我婀娜的生命中。那些难以磨灭的碎片、那些不眠的故事，那些洒在心头融入血脉中的"年味"，随着二〇一八年的钟声，随着漫天飞舞的雪花，一点一点遗落在梦醒时分！

千年白狐

烟花三月，陌上花开。

在这草木葳蕤、花香盈盈的最美季节里，最美的事情莫过于：煮茶静坐，写字修行，聆听心动！

茶香中，隐约听到一种蓬勃而悠扬的声音，从不远处流淌而来。我循声而去，翩翩而来的是一位乌发束着白色丝带，一身雪白绸缎，手拿玉箫、头戴纱冠的男子，细长温和的双眼，俊俏，柔情。他深情似水地邀请我和他在这百花生香的良辰美景中共舞一曲。当箫声渐响，莺啼千转，我便托起绮丽的舞裙，一跃而起，白色的长袖在空中划出完美的弧度，脸上的轻纱被春风掀起，在空中轻打着旋儿，悠悠然飘落而下。当我迷醉了眼，也迷醉了心时，箫声戛然而止，男子悠然消失，只留下清幽温婉的曲子在四周萦绕……

梦苏醒时，杯中倒映的我，青丝中已夹杂着几根白发，白得刺眼刺心；浅浅的鱼尾纹也毫不留情地在眼角雕刻，刻得痛心痛眼。无奈伤情啊！感慨时间都去哪儿了？腮凝新荔、鼻腻鹅脂的长袖舞女也悄然不见！

转瞬即逝的青春啊，你怎么可以这么短暂啊？我还没来得及秀完一曲呢，你怎忍心让我欢笑情如旧，萧疏鬓已斑呢？

玉颜，何处找？

残梦，何处寻？

园中飞鸟啁啾，微风摇曳，箫声四起，情韵悠长。细听，如玉珠跳跃；细闻，如研磨雅堂香。

闻着墨香，爱美的我又开始在书中寻找那个笑颜如花绽，玉音婉转的长袖美女子。

为了避开凡尘喧嚣，也为了在静之美、静之馨、静之醉的书中细听清美箫声，2018年的第一个春天，我鼓足勇气毅然决然任性地给自己放了一个长假。在这个长假里，我循着那消逝的白丝带的方向，紧紧地、狠狠地抓住这个红了樱桃、绿了芭蕉的幽灵。

每个阳光灿烂的日子，我便青衣素面，倚窗屈膝盘坐。慢煮青茶，闻着书香，循着华夏的足迹和余秋雨老师的气息，在安静沉醉的时光中，让这些栖息在文字中的诗意不断激越我生命的浪花。这诗意像一道道流淌在心底的泉，悄悄洗刷着我沾满污垢的心扉。细听浪花激扬，如听到平凡生命开花的声音！正如余秋雨老师说的："回归心灵，体验一种来自灵魂深处的熟悉的安详，才能听到自己生命的原始节奏。"亲爱的朋友，你听到了吗？

每个春雨敲窗的日子，我便把热情的玫瑰、花香浓郁的风信子挪放在我的书桌前，和雨滴一起敲开我沉睡的诗行。窗外，雨雾弥漫，清新滋润；窗内，花开正浓，色彩缤纷。一切喧嚣纷扰被隔绝门外，只想静坐窗前，用简洁淳朴的语言和老舍先生对话；想陪陪命运坎坷的祥子和我一起侧耳听风听雨，让他也拥有被人温暖的幸福感觉。

每个春风拂面的日子，我便布衣长裙，细听风滑过指尖的声音，手捧迟子建老师的长篇小说，如心掬一捧爱的火焰。我被老师笔耕不辍三十年的精神所震撼，不管是故事中英勇干练的林克，还是脾性怪异的依芙琳；不管是善良俊美的妮浩，还是痴情野性的伊万……当我合上书时，对他们都是万般不舍，也恨不得和迟老师的神奇丰富的想象力零距离交流。倚窗翘望，细细聆听，聆听春天里寻常的旋律。试问，这只飞跃峡谷、穿越原野、遨游长空的百灵鸟，你生涩地点亮我的干渴，你是否来自迟老师的故乡大兴安岭？

就这样我无可救药地恋上了窗前，无可救药地恋上了在文字中跋山涉水，无可救药地恋上了在灵魂深处开辟种植！

短短十天，在窗前，无数次，我把哭读成了笑，又把笑读成了生命的感悟。我细细啃过了迟子建老师的长篇小说《额尔古纳河右岸》、中篇小说《北极村的童话》，余秋雨老师的《慢读秋雨》，老舍先生的《骆驼祥子》四本书。原以为一年才可以看完的书，我只用了十天，我做到了！当我看到迟子建老师为《额尔古纳河右岸》写的跋时，细读她为了这部小说所经历的、所付出的、所感悟的，我竟然感动得泪眼婆娑。是啊！迟老师怀着怎样一颗真挚清澈的素心呢？又是怎样做到以温柔的抒情方式诗意地讲述一个少数民族的顽强坚守和文化变迁呢？

梦幻中我又见到了那位白衣俊男，半空中，细长的白色丝带与雪白的梨花悠然缠绵。

为了能再次听到那凄清缥缈的箫声，一觉醒来，我果断地走进了古典音乐课堂。之前一直感慨没有时间的我，竟然一分钟就做到了。

渐渐地，我尝到了珍惜时间的甜头，甜蜜的花朵正在我心底绽放，发出思绪的清新。我又与草木野花、清风野菜结缘，走向户外，用脚步丈量春天！

慢慢地，我尝到了安静平和的滋味。写作之余，我会给自己煮一杯牛奶，也会把剩余的一点牛奶欢喜地抹在脸上，悄然回味那些藏在褶皱里的故事，我学会了善待自己；洗蔬菜时，在流动的温水中会细细抚摸它每一寸清脆的肌肤，我学会了温暖平和；晚饭时，也会细嚼慢咽，唇齿生香，分享孩子在学校的点滴，我学会了聆听陪伴……每一个瞬间都想认真度过，每一处风景都想驻足停留，每一份亲情都想倍加珍惜！

我终于明白了，世界上最快而又最慢，最长而又最短，最平凡而又最珍贵，最容易被忽视而又最令人后悔的，就是时间！

未来路很长,妈妈陪你慢慢走

阳光透过玻璃,像金色的纱幔泻到屋里。

"又是九十九分!"接着一阵号啕大哭,伤心中夹杂着些许气恼,"我已经使尽了所有精力,怎么还是九十九分呢?我要重新考一次,我一定能得一百分……"

小姑娘坐在沙发上,脸上挂着眼泪,手里随意揉搓着一个粉色的小猴子玩偶,小猴脖子上一个漂亮的红色蝴蝶结也被她长长拽开,又一圈一圈被她紧紧地缠绕在自己细长的手指上……

"亲爱的孩子,你怎么了?"我弯下腰亲吻着小姑娘的额头。一直享受着做母亲的喜悦,但此刻,却为自己无法打开孩子的心结而自责,我努力地想用成人的心智和阅历安抚这个心中燃烧着熊熊火焰的小姑娘。

"妈妈告诉你,你优秀的同时,也要允许……更优秀的孩子存在……"

"这个你早就说过了,不要听……"她噘着嘴,大声打断我的话。我窃喜她的心理还不是那么糟糕。

"妈妈对你很满意,你用自己的努力取得了这么优秀的成绩，说明你是聪明的，也是很用心的，妈妈相信你每天在学校的学习都是高质量的学习。"

渐渐平静的小姑娘又抽泣起来："那为什么我连续三次都是九十九分，没有一次是一百分啊？"

看着那双又被泪水淹没的眼睛，我心中腾起一丝丝疼，也腾起一点点安慰。谁不是在疼痛中成长？疼是因为她过于追求完美，慰藉是因她对生活有真实的热切。

"孩子，有远大的理想是件了不起的事情，但通往成功的路上，我们努力了就是成功，分数仅仅是一个数字而已。考完了，我们就翻篇，不去追究，更不必去纠结分数。重新考那是不可能的，既然不可能，为什么还要和自己过不去呢？妈妈知道你是努力的，我们只要明白那一分是怎么弄丢的就行。妈妈给你讲讲'月盈则亏，水满则溢'的道理，不是不追求完美，而是在尽力后达到自己内心平衡的那个完美点就是成功。"

小姑娘眨巴着眼睛一知半解地望着我。我想说，孩子，脚下的路还很长很长，妈妈和你都得慢慢走。

"孩子，我们要有敬畏生命的态度，人生不同的阶段会有不同的使命：学生时代，妈妈要求你努力学习，不是为了和别人一比高低，而是为了你将来获得更多的生存能力和生存机会。为了这个使命，你要学会付出，学会努力，学会忍耐，学会面对现实。脚下的路还很长，一些小失误、小错误在成长中是不足挂齿的，你不需要因为纠结那些微不足道的小事情而影响你现在的心情，甚至以后的努力。我们要欣然接受成长中的那些小成功、小激动，也要敢于接受夹杂其中的小伤心、小挫折、小痛心……"

挂着泪痕的脸蛋终于露出了笑容。

孩子，我们除了严格要求自己，还要学会善待自己，学会自我调整、自我减压、自我欣赏、自我塑造……只有这样，才可以成为更棒的自己，以健康积极的心态迎接生命中的每一天。

孩子，谢谢你又把我带回了生命的起点，在漠漠苍穹和茫茫大地间感知生命的意义，透过手指看那一束束阳光……

仰望平凡

秋日黄昏，轻踏湖边小路，此时，满目已是"万花都落尽，一树红叶烧"的景象。

真美！我不由得被这些平凡生命的颜色所震撼。

弯腰捡起一枚飘落的叶子，反复翻转着这记载了一生流年往事，包含了一生风雨沧桑的红叶。

心，无谓疼痛，无谓失落，只是湿漉漉的柔软。

路两旁是柿子树，柿子火红，却温存含羞。叶子借风吟唱，在空中翻飞，轻旋于天地间，有的乱蓬蓬地落在我头上，乱得像是繁开的野花。橘色轻柔的光线，火一样倾泻于叶片上、湖面上、我的身上。

归巢的鸟儿翩飞于枝头，在这稍显凉意的空中叽叽喳喳聊着什么，不忘捎来几缕云深处的清风，又像是喊它撒野不知回家的孩子，扯着长长的声音，朝远方飞去。

一只毛毛虫从我脚下慢慢蠕动经过，像根会走路的五彩蜡笔。一个有着红扑扑脸蛋的小女孩，手拿红叶奔跑于清风中，像棵飞舞的蒲公英。前面一对相濡以沫搀扶蹒跚前行的老人，又像咿呀学语的孩童。

我向他们温暖而笑。

秋叶真红,红得让你不忍辜负。

便独自一人静静地走在这条藏有我太多心事的青石小径上。从这头走到那头,又从那头回到这头,就这么静静地痴望着一片又一片火红的秋叶,无须追随;就这么静静地欣赏那随风舞动的热情,满地金黄的浪漫,就已心醉!

秋叶悄无声息地落啊落,我细听着它对我千言万语的诉说,任一片一片落满一身,像团燃烧的火焰。

不知是听见了夜色的脚步声渐渐靠拢,还是想起那些让我无数次安静又无数次澎湃的平凡故事,眼前风景虽丰盛迷离,但心中仍会升腾起一丝丝或惆怅、或落寞的异样感觉。

这是一种说不清的感觉,像是一首未读完的诗,又像是一个被惊醒的梦。

在这个喧嚣浮躁的时代,我在追光追梦的路上,再次重温了路遥先生的《平凡的世界》。由此,我的精神世界里也多了份放弃与追求、痛苦与欢乐纷繁交织的故事。

"一个平平常常的日子,细蒙蒙的雨丝夹着一星半点的雪花,正纷纷扬扬地向大地飘洒着……"

在这片贫瘠的黄土高原上,生存着千万个贫穷得连五分钱的饭菜都吃不起的孙少平,生存着那些在饥饿中渴望自信又蕴含着自卑的坚强人群,还有那份没有被贫穷和黄土压垮的意志。这些对生活有憧憬又无奈的故事,给了我更多的启迪。

虽不能感同身受孙少平那种苦难的生活，但在现实与梦想缝隙中的我，在意识上已超越了对"平凡"二字的认知。

眼前这片片红叶，于苍茫广阔的林海间，是那么渺小，微不足道。我们每个人于这个浩渺神秘的宇宙来说，难道不也是那么脆弱吗？我们所经历的悲与欢、生与死、穷与富、善与美、丑与恶于人类历史长河来说，不更是微乎其微的平凡事吗？

但平凡日子里细细碎碎的爱，日出而作日落而息的平凡日常，又何尝不是最大的幸福呢？

现世的我们有像苏东坡"钩帘归乳燕，穴牖出痴蝇。爱鼠常留饭，怜蛾不点灯"那样爱一切众生的慈悲吗？有像北宋词人晏殊《浣溪沙·一向年光有限身》中"满目山河空念远，落花风雨更伤春。不如怜取眼前人"那样珍惜眼前一切事物的情怀吗？

在岁月的风雨中，我们都爱过、恨过、哭过、笑过、傻过、痴过，在酸甜苦辣中匍匐过、挣扎过。但在无法重来的生命中，我还是情愿做个温暖的人，做个有爱的人，做个能感知日落月升呼吸的人，做个能聆听到花鸟虫鱼欢歌与悲伤的人，做个能在单调平凡的日子中感受一切非凡之美的人！

回到家，收到红叶的一条微信："我也想和你一样，做个能在平凡日子中嗅到细微爱的人。"

我认真地回复道："平凡，就是生活；生活，就是平凡！"

从此沧海水，从此巫山云

"我是兰草，求求你，求求你看看我，我是你的兰草啊……"

这是兰草两个多月奔走在大大小小七家医院以来，第一次失声哭泣，这哭泣像是红尘阡陌里走不出的黑暗隧道里的一声鸣笛，有着穿透人心的力量，人间困惑在她眉间，深化在她心中。

兰草颤动的双手抚摸着自己的男人，附耳对着自己的男人轻声呼唤着，颗颗泪珠无声地滴落在她干裂颤抖的嘴唇上，像此刻窗外绚烂的烟花，朵朵绽放在他浓密蓬乱得像枯萎野草的胡须中。这个刚被从手术室推出来，躺在干净的白色床单上，身上插满了各种管子的男人，一动不动。

兰草从来没有想过，这个和她相濡以沫二十年的男人，一家老小的精神支柱，有一天会离死神这么近。

她从来没有想过，最远的距离不是鸟和鱼的距离，而是她和这个近在咫尺的一门之隔的手术室的距离。她望着这道死神之门开了又关，关了又开，就像吞噬她幸福的一个黑洞。

她看着进进出出的护士，她想问，又不敢问，她好像看见她的男人被那些冰冷的器具弄得支离破碎，好像自己的心也被拨弄得七零八落。两个月以来，她最怕看到他被病魔折磨得疼痛不堪的样子，而此刻，她更惧怕的是，从此以后他再多的疼痛还能否和她有一丝关联？她深深地吐了一口气，又深深地吸了一口气。她无数次期盼着这天，又无数次逃避着这天，她不知道自己在干什么，也不知道将要干什么，她紧张得像块石头。兰草左手握着右手，右手又握着左手，手心被捂出细密密的汗，腿肚子不听使唤地直哆嗦。她紧闭双眼，屏住呼吸。她的世界是静止的，静止得仿佛只能听见自己碎裂的心在怦怦跳；她的世界又是沸腾的，沸腾得像排山倒海般。她紧张无助地张望着每个经过的人。她把眼泪咽了回去，祈祷着，希望老天爷看在她和他如此恩爱的分上，慈悲一次！

幸运的大门终于被兰草虔诚的心打开了一条小缝隙，兰草度过了人生最紧张的六个小时，悬在嗓子眼的心终于踏实地回到了肚子里。

此刻，兰草的眼泪就像被拧开龙头的自来水，哗啦哗啦……

"我是兰草，我是兰草，你看看我……"

"兰草"俩字被急促的脚步声拉得很细很长，曲曲折折钻进男人的耳朵里，就像被粗糙的沙尘和同样粗糙的岁月掩埋的小小边城响起的第一串爆竹声，整个城突然苏醒了。

两个人，一个躺着，一个站着，你看着我，我看着你，都看了几十年了,像是还没有看够似的。

他的眼睛好像在说:"兰草,全靠你,全靠你心里想着我不会死。"

兰草的眼泪一下子又掉了出来,好像在说:"你是我的沧海水,我是你的巫山云,我们谁也不能死。"

她和他执手相看泪眼,竟无语凝噎。

时间在两个人间默默流淌,沉淀着世界上所有的声音,唯有"兰草"两个字,像滚落在原野上清脆的笑声,一直回荡在男人的耳边。

男人动了动苍白的嘴唇,好像在说:"兰草,房子,没了房子……"一句话还未说完又晕了过去。

兰草抹了把眼泪俯下身子,轻轻说:"你在,家就在,家在,何处没有房子?"

兰草一手提捏着一个白色塑料袋,一手紧紧地攥着一张银行卡,里面是她和他在风雨中打拼的全部积蓄。她知道,人在病中,钱就是最大的底气。

她和他此生曾经的种种和未完成的种种,使她心中始终有一个信念:我的男人不会死!

她为他喂水喂饭,为他洗脸擦身,为他倒屎倒尿,为他按摩针灸……八十多天的日夜守护,瘦弱的她硬是靠着这个信念,用尽全身的力气,生生把自己的男人从死神手中夺了回来。

他不帅,也没啥能耐,于世人,他只不过是无关紧要的路人甲；于兰草，他却是她幸福的海角天涯。

路旁的灯发出幽暗的光，那股瞬间浸遍全身的冷毫不怜惜地狂卷而来。偌大的城市，她瘦弱孤独的身影走在万家灯火的街道上，雪地上映着她被微弱的灯光拉得老长老长的影子。她抬起疲倦的双眼看了看被雨雪冲刷得异常刺眼的三个字——住院部。她怎么想都想不通，死神怎么会来得这么早啊！这分明是他俩两个月前去售楼部看的那套房啊！兰草揉了揉眼睛，她清楚地看见"住院部"三个字，又摸了摸自己的脸，确定真的是在医院。寒风舔舐着她酸涩的双眼，两个多月以来所有的辛酸与泪水，再次同纤细如尘的雪花一起消失在这凄冷的冬夜里。

片片雪花飘落在她枯瘦蜡黄的脸颊上，夜风把她的头发吹得乱飞。兰草站在雪雾苍茫中，抬头望着那个每天灯火通明的十一楼，她看见自己的男人已从病床上起来，系着围裙正笨拙地切着菜，年迈的公婆正在客厅看春节联欢晚会，一双儿女正贴着对联，一家人正等着她回家吃年夜饭。洞悉生活穷形尽相的她终于可以脱去仆仆风尘，美美地睡一觉。

这是她和他走南闯北、颠沛流离二十年积攒的所有积蓄买的一套小三居室，她和他要在这间屋子里一生一世、一心一意好好过日子。

兰草像是在读一首古老且不朽的诗，一个字一个字，读得认真而坚定。

永远把你当小孩宠爱，即使你已老去。

永远觉得你帅气到无与伦比,即使你已老去。

永远爱你如年轻一般,即使我们都已老去……

风睡了,鸟睡了,连雪夜也睡了,兰草却怎么也睡不着。茫茫苍穹中,兰草看见自己的男人驾着马车,驮着碎银,在袒露着结实胸膛的广阔土地上,向她飞奔而来……

书在,我在,春天就在

春天的雨,细软黏人,仿若裹着香云纱的玉镯,润滑而沉静。

我喜欢这样淅沥着春雨的午后,捧一本书倚窗而坐。雨滴像赤足在窗台上踮起脚尖旋转的舞女,小蛮腰轻盈醉人。雨滴缠绵无声,却清凉无比,窗帘被从天而降的雨滴掀起的风撩起一半,抬头,看见东边一角天色,青色淡淡,云影默默。

眼眸里似有一片如水的温柔漫开,古老的风情渐隐渐现于眼前:雾色迷蒙,芦苇郁郁苍苍,美丽的女子在露水的清凉气息里正缓缓穿尘而来,似远似近……不由得念起《诗经》里的《蒹葭》:"蒹葭苍苍,白露为霜。所谓伊人,在水一方。"

也不知何时,这些诗句竟以润物无声的姿态悄然、猝不及防地入了心底。为了追随那位女子,隔着细长的雨,我缓缓转身,凝结为窗外纤细草尖上的一滴水珠,清澈晶莹,无尘无染。为了美人,竟甘愿在这片刻微软的沉沦里,不复苏醒。

自古谁不爱美人?我是世俗之人,当然也痴于美色。想想,自己也笑了。

阳台东面的墙被一泻而下的绿萝绿了一大片，身后花架上十几种绿植也新绿旧碧渐次深浓。窗外青嫩的草坪，我不知它们在这里已有多久，五年？十年？不得而知，只是看见这些萍水相逢的新绿时，心中充满了久别重逢的欢喜与感动。感动在这微雨的清晨，它们在我眼前大片大片绵延苍翠，令我以为，它们是专程为我而肆意地绿着，就像我，在这一刻，只为它们的青绿而出现一样。

春雨孜孜不倦地滴落着，滴落着，落在无人的篱落上、黄土上、闲草上、鸟鸣上，也落在我诗意的心上。悠长的时光也有了别样的安静与孤单，我喜欢这样安安静静的孤单，那是自己独有的欢喜。

庄子说："独来独往，是谓独有。独有之人，是谓至贵。"

说得多好啊！

和别人在一起，我们总是处于社会状态；只有在孤独中，我们才接近自然状态。

此刻，我就是自己走向自己啊！就是自己和自己对话啊！日和月与我已毫无瓜葛，林木哗哗扰人，也只当潺潺流水，我只有自己一个人的浮世清欢，自己一个人的细水长流。

我翻着那本荡着墨香的书，听听翻书的声音就是极好的。安静地坐在那里，像个女词人一样绾着优柔的秀发，坐在花影里缓缓与一只蝴蝶相会，或期待闻闻书中那一丝远古的尘土的味道。

我给阳台重新种植了粉色的蔷薇，一根根细细的竹子齐齐地靠在青砖墙边，竹子之间还像织网一样缠了细绳，蔷薇细长的茎蔓便从容地在绳子上、竹子上游走、攀登，一程又一程，泼泼洒洒，花开灿烂，挤着挨着，茂盛得填满了彼此间的空隙，勾肩搭背撑起了一片浓荫，红的、黄的、白的在枝上微微摇动。

独自坐在这闲寂的清凉里，读着杜甫《佳人》中的诗句："绝代有佳人，幽居在空谷。自云良家子，零落依草木。"恍然间，觉得游离多年的魂被招了回来，像杜甫诗中的良家女子一样零落在草木间；又像是纳兰容若心中那个温厚纯真、面若桃花的卢氏在若有所思地帮纳兰填词。在鸟鸣声中又看见余华笔下那个死了所有亲人的福贵扛着铁犁，沾满泥土的手牵着牛缰绳，在一声声吆喝中，颤颤巍巍地向我缓缓走来……心就这么一点一点沉静下来，觉得世界也在这寂静里变得古意而空寂起来，万物都那么远，只有心是近的。我像个与世无争的女子，只在文字中品味着那些久远的时光的味道。

此时，窗外或许白雪飘飘，或许细雨蒙蒙，都无碍了，我已把世界的艰辛与诗意全都装在了心里。

水光满城，寂静无言，心却早已是春。

爆竹一声春梦晓　　沈香亭北牡丹开

春节，是我国最古老的一个节日，也是全年最重要的一个节日，已传承千年。

今年，我们没有回老家，而是在我们的小家里温馨过春节。

岁末寒冬，窗外，雪花细细飘洒，簌簌清香。窗一开，风便扯着雪粒，带着春的气息，宛若轻移莲步的含烟素女，步履玲珑，翩然而至，期待在一年之末与我相约。

几分瑰丽，几分苍茫，雪不语，却与我远远相望，仿佛在向我诉说着这一年的脉脉心语、这一年的深情厚谊、这一年的绵延牵绊、这一年的紫陌红尘。在时光交错中，都纷纷落红成雨，梦里梦外与我缠绵，惺惺相惜。

静静回望这一年：罗曼·罗兰给了我春风的问候，严歌苓给了我春雨的洗礼，莫言给了我春花的献礼，纳兰容若给了我流水的告白，苏东坡给了我沉静的思考，余华给了我心灵的苏醒，林清玄给了我升腾的禅悦……这些点滴优美斑斓着我的似水流年。

河流以流动的方式储存时光，深藏众生的生死悲欢，从不会主动向世人讲述岁月的故事；太阳以普照的方式储存时光，照耀浮生的光明阴暗，从不会主动向世人讲述岁月的悲欢离合；我以阅读和记录的方式储存时光，因受益于各位老师，我终于打开了自己的灵魂，用敬畏的心在文字中读懂岁月的密语，对生命也充满了绿色的幻想。

我以重生的姿态，自然、从容又满怀渴望，或清晰或朦胧，成一道别样的风景，与天地日月自由地生长呼吸，穿越青春的旋律，在烟火深处，迎接新年的到来。

阳台的花细碎葳蕤，无邪地璀璨着闹了满枝，不知生前有怎样的故事，今生才在这新春里热闹绽放，没有计较，没有恩怨，抿着嘴，含着笑，那般凌厉地开放。

外面花灯满城，热闹非凡。

厨房的我，系着围裙，挽着袖子，听着曲子，安静着，热闹着，细细地切着，慢慢地煮着，忙忙碌碌。看着老公拿着凳子，孩子拿着对联，进进出出；看着夜空烟花绚烂，在黑色的天际绽放着刹那芳华；看着电视上精彩纷呈、载歌载舞的春节联欢晚会；看着自己烹饪的满桌飘香的饭菜；看着一米七三高的闺女和一米八〇高的老公打打闹闹的场景……试问：这世上有多少情，默然相伴就能无限寂静欢喜？

朋友约定晚上相聚，十年未见，我们憧憬着，渴望着。沿着昔日的种种情愫，穿越天涯海角，就为曾经那一份又一份的炙热、一个又一个的影子、一串又一串的浅笑、一缕又一缕的思念、一片又一片的真情。数十年聚散两茫茫，不思量，自难忘,举杯同饮情最真,欢声笑语惹人醉,声声祝福声声情,灯光杯影中,慨叹时光匆匆。善感的我默念着韦应物《淮上喜会梁川故人》中的诗句:

江汉曾为客,相逢每醉还。

浮云一别后,流水十年间。

欢笑情如旧,萧疏鬓已斑。

是啊,多少曾经与我们对酒当歌、谈笑风生的朋友,如今也都头发稀疏,双鬓斑斑。

罗曼·罗兰曾说:"真正的英雄是那些看清了生活真相却依然热爱生活的人。"

岁月一年又一年地轮回,年龄也一岁一岁地增长,对于生命深处的千沟万壑,我们更从容、更释然了。

回来的路上,老公用强壮的手臂环绕着我,把我狠狠地拥在他高大的怀中,哪怕一丝风、一丝雨都要给我挡着。大街上张灯结彩,火树银花,到处洋溢着喜气。

我们相依相偎地走着,雪花落下来,黑夜中,看不见,只觉得手上脸上软绵绵、湿润润。不知从哪儿飘来缕缕烤红薯的香甜,馋嘴的我不安分地挣脱他的怀抱四处张望,这个罩着我的男人却命令我待着别动。几分钟后,他大跨几步捧回一个软绵绵、热腾腾的红薯,用满口酒气的嘴小心翼翼地吹着,烟花像流星雨划过他爱的嘴唇,好像在说"愿得一人心,白首不相离",又好像在说"我们就这样一起静静变老,再一起静静怀念"。

年华悄悄流逝,散落在声声爆竹中,愿看过山光水色、走过风雨泥泞、有过贫寒富贵、尝过酸甜苦辣的你,在新的一年里,能心有花香,心守幸福!

六月风

"甜瓜吃完了没?"

母亲的身影在视频中一晃一晃,声音也吱吱啦啦的听不清。小侄子躲在一旁,只露出一只手,不停地调试着手机,母亲的脸在手机屏上映得很大。

"冰箱里还有几个呢。"我告诉母亲,我把五月的甜瓜连同五月的母亲一起写进了文字中。

也不知母亲听见了没有,只见她依旧不停地对着手机里忽有忽无的我,一边兴奋地比画着什么,一边低头侧脸责怪侄子把她原本还算清秀的脸,放映得这么长,这么多的皱纹,像渔网一样,都不像她自己了。

母亲自从学会了使用微信视频,就很少打电话了。

以前,我常在电话中说:"妈,我明天回去。"母亲总是说:"你上班那么忙,还要一个人带孩子,就不要在路上再折腾了。"

第二天天刚蒙蒙亮,母亲就出现在我面前。

母亲乘最早一班车,一个半小时后来到我家楼下,又吭哧吭哧地爬上六楼,头上冒着热气,鼻子上缀着细密的汗珠,胳膊被挎着的布袋子勒出一道道红色的血印，好像马上就要冒血似的。

就这样，母亲来了，又去了……

春去秋来，一趟又一趟……

现在，我在电话中说："妈，我明天回去。"手术后跑不了远路的母亲总是说："好，回来头一天，就要来个电话呢，我好给你蒸包子，蒸花卷，蒸条子肉……我好到邻村去给你摘甜瓜，去菜园给你摘辣椒，去对门树上给你摘甜杏……记着，快到了再打个电话啊，我让你爸骑摩托车在下面路口接你。"

然后，五百米路口外，站着父亲，五百米路口内，站着母亲。一远一近的父亲和母亲，不知疲倦地站在六月滚烫的热风中，伸直了脖子，一次又一次远眺着他们即将回家的闺女……

瞅不见车影的母亲，噔噔噔跑回家，拨动着她熟悉的阿拉伯数字："到哪儿啦？到张桥没？""没呢！"母亲再噔噔噔地跑出来，快速地站在原来的位置上，生怕她的位置被别人抢占了似的，继续瞅着每一辆过往的车子。待路口有停下的车子时，母亲又噔噔噔跑回去炒好菜，再噔噔噔跑出来，瞅向我回家必经的那条五百米的小路。

火热的六月，太阳晒得人浑身发烫。

乡村马路对面放着一辆摩托车，父亲抽着烟蹲在旁边的树荫下。见到撑太阳伞的我，就不停地说："你看太阳多晒多毒,也不知道再戴个帽子。"

我暗笑,我这不是撑了伞吗?又不是从月子中心出来,包裹那么严实干吗?

"大热天的,你不用来接我,两步路就到家了。"我瞅着瘦削的父亲说。

"你说回来,你妈一大早就让我下来,我眼瞅着十几辆车子过去了,就是不见人,盯得眼睛生疼,怕错过了车子。"父亲接过我手中他爱喝的茶叶和爱抽的香烟,快速放到车前面的筐子中。

热气席卷了整个田野,满地金黄的麦子响着一阵阵轻微的簌簌声。我坐在摩托车后面,看着不喜言语的父亲,看着他已被汗渍浸湿一大片的后背。心却莫名地感动,感谢上帝,让我还能有机会坐上父亲的摩托车;感谢上帝,给了父亲再次宠爱闺女而备感幸福的机会;感谢上帝,给了我再次徜徉在父母之爱里的机会。在这甜蜜的幸福里,我忘却了热气的存在。

吃饭时,斑驳的桌子上摆满了饭菜,父亲把一盘肉挪到我跟前,母亲把一盘自制的花生酱也挪到我跟前。"小雪妙"躺在父亲脚下,怯生生地望着我,喵喵喵地叫着。

我责怪母亲说:"以后不要再给我蒸包子、蒸馒头了,这些我都会。"

"是不是咸了?我想不起来放了几次盐!"母亲自责着。

"是不是有碱面疙瘩?我还使劲多揉了几遍面团。"

"是不是不好吃？不知道怎么的，我就转了个身，怎么就把原本该放肉里的韭菜，糊里糊涂地却放到了南瓜里呢？"

……

母亲把她曾年轻强劲的臂力、清晰饱满的记忆力凌乱地迷失在了六月的热风中。

父亲一脸慈祥，沉默不语，偶尔说句："好吃，真是好吃。""小雪妙"也欢快地摇着尾巴，跟父亲撒起娇来，也想讨口好吃的。

父亲说母亲，今天较昨天多吃了一碗。

母亲说父亲，今天较昨天精神了一点。

六月的风裹着一股股热浪，从敞开的大铁门涌进来，在这夹杂着浓浓麦香的热风中，再也听不见母亲利索的脚步声，再也找不到母亲清晰的记忆了……恐慌、心痛再次重重地袭击着我。

午睡时，母亲把有吊扇的房子腾给我，让父亲睡后面有北窗的屋子。母亲悄悄在我身旁躺下，没过几分钟，她又翻过身，悄悄起来，再慢慢蠕动着下了床，俯下身，贴着我的耳朵吞吞吐吐地说："我……我打呼噜呢，怕吵着你。"说着，又费力地挪动着步子，走向有北窗的后屋去。

半空三片扇叶，在白色的旋钮上与热风周旋，自由欢快地转着。睡意蒙眬时，听见房门外一阵窸窸窣窣声，心想，定是"小雪妙"在门口偷窥我，喊了声："走开。"

一片安静后，又一阵窸窸窣窣声。我扭头看去，一个佝偻的身影，躲在淡粉色的纱帘后，前倾着身体。一双已不能长久支撑身体的腿微微半屈着，一双模糊的眼睛正紧贴在一指宽的门缝上，笑眯眯地注视着我……

"妈！"我大声叫了声。

"哎！"母亲也大声应了声。

我不知道母亲经过了怎样的心理挣扎，又跑到前面的屋子，悄悄地看着她的闺女。

我把母亲拉了过来，和我一起躺在宽敞的大床上。我把身体伸得直直的，母亲则轻轻蜷着身体，面向我。一双不知割过多少亩麦子、不知抚摸过多少次扁担的手，轻摇着一把蒲扇，一阵阵凉风缓缓而来。我亲昵着从母亲臂弯摇出的这股熟悉的凉风。清晰地记得，四十年前，也是在这六月的热风里，我和母亲就这么横躺在床上，母亲就这么给我摇着蒲扇，不知怎的，摇着摇着，我的眼圈却阵阵发烫泛红……我知道，母亲竭力想趁她还能清晰认识我的时候，多看我一眼，多爱我一天。

刚吃完早饭，母亲就又拉着父亲，开始准备午饭。

隔着窗户，听见父亲和母亲的一阵争吵。父亲责怪母亲把脑子丢在了六月麦田的热风中。

母亲说做饺子，指示着父亲剁好肉、醒好面。转个身，母亲又反悔了，说闺女不爱吃饺子，要不做煎饼，又指示父亲顶着中午的大太阳去田里摘了水灵的黄瓜、熟透的西红柿。母亲和好面水，待父亲生火起灶时，母亲又忘了和好的面水，又蒸起了饺子……

　　风扇呼呼地转着……

　　六月的风，眷恋着六月的雨。

　　六月的你，又眷恋着六月的什么呢?

　　而，六月的我，只想多看父母一眼，多爱父母一天!

当时只道是寻常

一进三月,便有了春意。

那些细小如米粒般的花苞,便悄悄以柔弱绚烂的姿势扑向那些干枯的枝头,像是要以自己独特的芳香,幻化为一种不为人知的隐秘的情调来无邪地温柔着对方。

大地,因春的到来而半梦半醒。而我,也因春的到来增长了一岁,生命也更加清醒润朗。

"今天是你生日,得煮个鸡蛋吃。"

我循声而去,寻觅着这个柔软缥缈的声音,可除了闺女早晨上学去时那句"妈妈生日快乐",除了八点之前手机上的一条来自外地的微信"老婆,生日快乐",四周寂静如常。

静默片刻,仍有一种止不住的牵念,像是初生婴儿的唇间呢喃。我轻轻转动,耳边又有缕缕阳光般明亮但又像是怕惊扰别人的矜持的笑声。我赶紧跑向窗台,双手撑着身体尽力抬头寻觅着。

我知道,祖母在岁月的长河早已如烟散去。而今天,我隔着红尘,在阳光斑驳的早春,看见那朵蓬勃而洁白的云朵如祖母影子般掠过我的心田,将我引向那个白色的旋涡。

我知道，祖母不会责怪我，十二年间从未去过那个长满野草和迎春花的土堆堆；我也知道，祖母一个那么爱干净的人，不会情愿被深埋在土坑里弄脏了她的衣服。

记得，和祖母一起生活了近二十年的老宅子，屋朝东，黑木门，六间青砖瓦房，中间有个窄窄长长的可以瞭望天空的不足一米的天井，四周都被青砖黛瓦紧紧裹着。走在被青石板和青砖混铺的地面上，看着鱼鳞似的黑瓦片，心底不由寂静幽凉，有种撑着油纸伞独自前行在寂寥雨巷的感觉。这里，承载了我童年所有的欢声笑语，也给了我淳朴安静、与世无争的气息。

一直庆幸自己生长在乡下，如海子一样以梦为马，灵魂深处随时都能嗅到四季的轮回、天空的味道、麦田的成长、农夫的皱纹……这里仿如一块晶莹的灵石，映射着我生命的七彩光芒。

亮堂的厨房后面是一个大大的后院。祖父在里面散养了十来只鸡。在二十世纪七十年代的乡村，那可是除了牛羊外，家里比较金贵的财富了，除了可以下蛋卖钱补贴家用外，祖父还有一个特别的用心，就是可以让祖母每天吃一个鸡蛋。

每天清晨炊烟袅袅时，祖父便开始在那个木板上咚咚咚地剁着刚割回来的青草，再给这绿油油浸着绿汁的碎草中拌些打碎的玉米粒。祖父一边敲着木盆，一边咕咕咕地叫着，公鸡母鸡拍打着翅膀一窝蜂地拥向祖父，直到淹没了木盆。

母亲做饭时，会端来一个凳子放在后门亮堂的地方，安排我和哥哥挤在一起,歪歪扭扭写着拼音字母"a、o、e……"当我们听见母鸡昂着头咯咯嗒时,便扔下手中的铅笔和本子抢着去收鸡蛋。哥哥总是跑得最快,我只好趴在哥哥滚圆的屁股上,伸直脖子瞪圆了眼睛望着哥哥的手,看着他将手伸进那个下面铺着柔软麦秸秆的鸡窝里。他故意皱着眉头不吭声时,我失望地拉扯着他的衣服喊:"你出来,出来,让我摸,让我摸。"当哥哥哇的一声满脸惊喜,那颗从失望又到惊喜的心就怦怦直跳。当哥哥弓着腰、撅着屁股、头上沾着碎麦秸倒爬出来,小心翼翼掏出一个或几个光溜溜、热乎乎、上面还粘着鸡毛的鸡蛋时,我便欢天喜地接过来捧在手心里,还不忘在左右脸蛋上滚一滚。这种从母鸡肚子里带来的温度传递到手指、脸颊时,心暖暖的,痒痒的。我和哥哥谁也没有把鸡蛋交给正在做饭的母亲,而是懂事地给了祖母。祖母便从一个黑黑的木柜下面轻轻挪出一个盖有碎花布的黑色瓦罐,再用双手小心端到明亮的地方,慢慢蹲下,一手扶着瓦罐,一手五指分开,贴着罐壁,嘴里唠叨着一五、一十、一十五、二十……直到满瓦罐的鸡蛋换成洗脸的毛巾、炒菜的菜籽油、祖父杯中的茶叶。

每天早上,待祖母取出一个鸡蛋交给母亲变成绿色洋瓷碗里的鸡蛋羹时,祖母便迈着慢悠悠的步子温柔地喊着我和哥哥。高一点的哥哥和矮一点的我都踮起脚尖、仰起下巴,贪婪、专注地看着祖母把鲜美嫩黄的鸡蛋羹用勺子尖轻轻从中间竖着一分为二地划开,再把二分之一的鸡蛋羹横着轻轻划开。哥哥端着四分之一的鸡蛋羹，顾不得坐下，呼噜呼噜大口吃掉，接着端起碗，整个头都像要埋进去，汤汤水水随着哗哗响吞下了肚子后，便撇下碗疯去了。我和祖母坐在天井旁，三月的阳光透过屋顶瓦片间青的、粉的瓦松，带着古老泥土的清香斜射在我们端着鸡蛋羹的碗里，各种甜蜜萦绕心头。我学着祖母的样儿，缓缓舀上一勺，轻轻在嘴边吹一吹，慢慢一抿，鸡蛋的香气冲击着我未曾细致准备的味蕾和思绪，穿着粗布衣的祖母像个身着精致盘扣旗袍的美人，贤淑明净。

记得，只有在我生日这天，祖母才会奢侈地从瓦罐里摸出两个鸡蛋。祖母不会说"生日快乐"，只是无限慈爱地说："今天是你生日，得煮个鸡蛋吃。"

祖母像苏格拉底一样，一边说着极简单但极富有哲理的话，一边用纤细的手指轻轻剥开蛋皮。看着一个完整的鸡蛋呈现于我眼前，仿佛和它前世有个约定：你不来，我不老；你不来，花不开。一种晶莹白嫩的美，想要准确表达它，一时又无法表达。未入口，早已舌尖生津，轻咬一口，又软又香，和平时的味道没什么两样，也没有什么特别深的滋味，然而，很多年后想起，它又忽然多出很多况味来。

一念花开，一念花落。

经年，不觉已走过了四十一个春秋。

常自嘲自己的记忆力怎么这么好，四十一个春秋后，依然清晰地记得祖母说的话。

吃了什么不重要，重要的是吃着舒心就行。

穿了什么不重要，重要的是穿着舒服就行。

去了哪儿不重要，重要的是心里有景就行。

认识谁不重要，重要的是你有被认识的能耐就行。

祖母不像苏格拉底，又像谁呢？

每年三月生日的这一天，我带着曾经身着翅膀的我，跑进祖母的屋子，不见人；跑到天井旁，不见人；跑到那个曾盛满鸡蛋的瓦罐旁，不见人；跑到后院，还是不见人。我不知道祖母去了哪里，也不知道她将要去多久。我跑前跑后，眼里一片空茫，只看见屋檐下的瓦楞草格外青翠……

谁念西风独自凉？萧萧黄叶闭疏窗。沉思往事立残阳。

被酒莫惊春睡重，赌书消得泼茶香。当时只道是寻常。

"当时只道是寻常"，沉甸甸的七个字，三百年前，落在了纳兰容若的心里，三百年后，又落在了我的心里！

桃花灼灼，为谁开？

午后，阳光正暖，下楼走了走。

楼后是一个葱郁的园林。透过青翠的半人高的冬青树，我看见一楼的大姐，一手提着一个蓝色的塑料盆，一手轻甩着手指上的水珠。一只细腻通透的翡翠玉镯在她纤细的手腕上微微晃动着。大姐一个人静静地站在那里，仰头细细赏着满枝的桃花，轻轻地东一看，西一瞧，浅笑，微醉。成群结队的花朵，个个撑着粉艳艳的小脸蛋，像精致的小酒盅。大姐陶醉的样子，像是已被朵朵盛满日月的薄酒灌醉了。低语，端详，仿若心事万千，细探却又不着痕迹。离她不远处是一位五十多岁的男人，正坐在木椅上晒太阳，只是翻书饮茶，像是赌气似的谁也不和谁说话。

我痴痴地站了一会儿，待大姐缓缓转身走到我这边时，我隔着篱笆忍不住轻喊了声："大姐，你家的桃花开得真是美！"

"这是我闺女从外地托运回来的，没想到全都活了。你看，我在这儿种植了两棵粉的，在那儿种植了三棵红的，在屋前也种植了几棵，也都开得美美的。"大姐脸上洋溢着明净的欣喜。

大哥闻声眯起眼睛吃醋地说:"整天就知道侍弄你这些花花草草,好似金子似的,比我都重要。"

我扑哧笑了声。话间,好像大哥受了天大的委屈。但在他们无声相望的眼神中,却难掩那份岁月深处的绵密情深。

大姐没生气反而温婉地嘀咕着:"这些花草里住着另外一个清凉欢喜、无尘无染的我,这不也正是你喜欢的吗?"

大哥不语,低头喝茶,板着脸。

我心中一瞬袭上一股暖意,这种暖,我不知由何起,也不知由何终。

大哥嘟着嘴轻拂着杯中腾空而起的白雾,思绪仿如随着这团白雾与某个春天里的暗香记忆一起慢慢飞,飞过篱笆,飞过桃花,飞过春天,飞过前尘往事。

好像在说:"四十年了,我还是喜欢你无语经过我的身旁,喜欢你经过时衣裙掀起隐约的风,那微风里,有你微甜的气息,有你温柔的话语,也有你娇羞如粉嫩桃花的眼神。但就是不知为什么这么奇怪,你就站在我眼前,我还是止不住想念你。"

阳光细腻明媚,大姐只是安静地站着,微微地笑着。浅笑中藏满了半生的安暖、半生的苦涩,仿佛在说:有你,我的浪漫,才不落俗套。

寂静无言,他们在花影中一起入画,一起寂寞。

我把三月桃花、两人一马、明日天涯的意境留给了他们。

我低头不说话，赶紧悄悄地走开。

跨过马路，走进公园。刚入园，一下子被一种特别醒目的浓浓的粉红所俘虏。遥望那株枝丫交错、满枝繁花的桃树，同时也被这新奇的布局所感动。

就在前几天，还不是这个样子的啊！

这里原是两亩花田。右边是一大片一大片的牡丹，左边是一小片连着一小片的玫瑰，中间是一条细细如绳的鹅卵石小径。这是我最爱的地方，常常独自在这里走过来又走过去。

只是在这条小径上，如遇相向而行的路人时，就难免会踩到旁边的花草，时间一长，竟被踩出了一条光秃秃的小路。为了保护这些花草，也为了行人的方便，园林设计师竟然设计了一个有着桃花形状的曲径小道。在五瓣花径旁，都是含苞待放的牡丹，郁郁葱葱的玫瑰，中间则是一株开得繁华的桃花树。

无论走在哪条小径上，都能望见这鹤立鸡群的满树桃花。每根枝条上都坐满了小花朵，有全开的，有半开的，有未开的，粉粉的，嫩嫩的，一朵朵，一枝枝，云蒸霞蔚。

瓦蓝的天空扯着几缕扯也扯不断薄如蚕翼的云朵。走在这通往花蕊的小径上，你的眼睛被染成绯红，你的脸被染成绯红，你的头发被染成绯红，你的手、你的鞋子、你的包，包括你的心都被染成绯红，你也被染成了一朵绯红的桃花。

远远地站着，远远地看着，不忍走近，不忍伸手，怕惊扰了这古意满满的静美。

一对双胞胎，同样绯红的脸蛋，穿同样款式同样颜色的小伞裙，扎同样的小辫，手拿同样图案的气球，在桃花下，摆着同样的姿势，荡出同样迷人的稚嫩笑声。

一位手提蓬勃莹洁白色婚纱的准新娘，在几个工作人员的陪护下，姗姗走向那株桃树，半露着白嫩的香肩和饱满的乳房，与心爱的人在闪光灯下，留下最幸福美丽的影像。

一个像姊妹又像是朋友的六人组。其中一人在高高的相机架前指挥着，靠左边一点，再靠左边一点，在设定的时间内，赶快回到队伍中，咔嚓一声，记录下她们精彩、细致、友爱的瞬间。

看见，看见琐碎日子中的岁月静好。

桃花依旧烂漫地开着，依旧掏心掏肺地给予那些在人世中沉浮的有情人。

一个人漫无目的地看着，寥落地看着，安静地看着，温情地看着，像悄悄捉住了一只蝴蝶，却又温柔地放开了，晕出一种不可名状的风情。

真美！

这种美，像是从自己心底发出来的，也像是从大地的心底发出来的。

大地懂得这些世间的有情人，懂得他们在浪涛中已醒悟或即将经历人世的苦难，人世的酸楚，人世的怨恨……所以它们无限慷慨地赠予这些珍惜一朵花开的人。

忽然觉得，活着真好！

温柔的泥土

早莺新燕，乱花浅草，春，似乎在一夜间温柔地掠过了阡陌大地。

惊蛰后的一个午后，我像往常一样宠溺着自己，屏蔽了外界的一切喧闹，捧一本书倚窗而坐，素净、简练得像个真诚的孩子。也许，因了这份虔诚，窗外的万丈红尘也都有了韵脚。

一楼的大姐又开始折腾她那一亩三分地。一双黑色的布鞋悠闲又繁忙地穿梭着，身后是一条细细如绳只能容一只脚的光滑小土路，一头微卷花白的短发，温柔利索地刚好落在那个看似穿了很多年却干净素美的枣红色的布衣马甲上。神色安宁、慈爱，仿如烛火下祖母的脸。大姐一会儿弯腰小心地拨弄着这边翠绿的韭菜；一会儿蹲下抓把泥土放在手心，细细碾碎放在鼻子下轻轻闻闻，似多年未见的恋人一样深情地端详着；一会儿用手中的铁锹翻耕着那边裸露着结实胸膛的黝黑土地。沉寂了一个冬天的泥土，今天，被大姐温柔地掀起，褐色的泥土翻着暄腾腾的小浪花，散发着清香。

从高空远远传来动听的鸟鸣，抬头，又不见踪影，但又真切地感觉就在眼前，就在耳边。

一轮桃红的"小太阳"在一波波韭叶中闪烁着，小小的菜园里只有风吹来吹去，遗漏下来的阳光干净得使人异常安静。不知不觉间，心就这样从身体里流出来，水一般地流出来，成溪成河，流向那再也回不去的美好时光。心就这样无限地深远辽阔，宁静起来，如月夜里的平原和远山。

小时候的我真是个无忧无虑的天使少年，是在家人的宠爱和广袤田野的风中长大的。

记得每天最繁重的活计就是出入时给牛槽里撒把麦麸皮，老黄牛每次为了多讨口好吃的，远远见我，鼻子总是呼哧呼哧故意喷出一股热气，张开被哈喇子湿润了的嘴巴，伸出长长的舌头，不时舔舔我胖胖的小手，满眼流露出感谢和调皮的神情。

牛和地，是祖父的命根子。

祖父是个地地道道的农民，生于黄土，长于黄土，最终又长眠于黄土。祖父一生都珍爱着他的每一寸土地。

父亲是"吃皇粮"的，在二十世纪六十年代，大多乡下青年还是继承祖祖辈辈那份面朝黄土背朝天的活计，如能有份体面轻松还拿着固定工资的工作，那可是人人羡慕的好事啊！祖父也常以此为骄傲，心里乐呵着他的儿子多么有出息，从不让他的儿子去干拉牛下田耕地这样的粗活。

记得，每年九十月间，待田地里的玉米、棉花、黄豆、芝麻、花生、红豆、地瓜、柿子等收完后，无比辽阔的土地便像美丽的少女，娇羞神秘，温柔清香，迷惑着天地间所有的生灵。如果奔跑在这片田野上，心一定是长着翅膀的。

待一场秋雨过后，祖父便一手扛着锃亮的犁铧，一手赶着他的老伙计——黄牛下地了。有时温驯的老黄牛回头哞地长叫一声，祖父便心领神会地用那双粗大的手把小小的我放到牛背上。我抚摸着它红色如绸缎的毛发，经过清凌凌的溪水、弯弯曲曲的小路，耀武扬威优哉游哉地走向这片一年四季轮回着绿与黄、演绎着生长与丰收的阡陌田野。

祖父坐在地头，抽完一袋旱烟，便把犁铧给黄牛套上。随着祖父一声声驾驾喔喔，犁铧深深地插入这片肥沃的土地，湿润的土地被哗哗翻动，犹如水面上掀起的波浪，朵朵浪花争先恐后向犁铧外翻腾。

当老黄牛走偏了路线或者偷懒时，祖父手中的长鞭子便在空中甩一个响亮优美的弧度，和摇晃的牛尾交相辉映，憨厚的黄牛便低头、弓腰、努肩，不遗余力地向前走。一人一畜配合默契地走在泥土中，那串串有节奏的吆喝声随着越来越小的身影也消失在了大地上。

我沾满泥土的手捡起一些遗落的玉米棒子、黄豆、花生放在撩起的衣襟中，跪坐在软绵绵的泥土上，再认真地一颗一颗剥着。清秋金色的阳光洒在一张稚嫩天真的脸上，一根根低垂的眼睫毛随着呼吸微微颤动着，像羽毛，像蝴蝶。

犁完地，我赶紧把颗颗食物捧在手心放在黄牛嘴巴下，已疲惫不堪的黄牛大口呼出白色的雾气，满含温情的大眼睛注视着我,像是感谢既是主人又是伙伴的我。祖父也会把别在裤腰带上的烟袋掏出来,一屁股坐在松软的土地上,用甩在脑后的毛巾擦把汗,脱下已被泥土灌满的布鞋,困乏的双腿直直放在泥土中,一手摸索着烟袋,一手捻磨着烟叶。他黝黑的脸在阳光下却笑得十分生动,笑声在镶满了皱纹的脸上欢乐地游动着。祖父吧嗒吧嗒一口一口地抽着烟,额头的皱纹里好像已藏满了一年所有的希望与丰收。

犁完地,还需要把朵朵浪花般的土块再碾碎成绵柔的细末。祖父卸下犁铧,又把一个长约一米、宽约五十厘米的小指头粗细竹棍编织的长方形竹藤套架在牛身上。

这时,祖父就会把身高不足一米的我放在竹藤上。我兴奋极了,我很乐意躺上去。随着祖父一声"驾",我仰望着慢慢移动着的无比深远湛蓝的天空,畅想着,天为什么会这么蓝?像蓝宝石,又像蓝莹莹的河水。那里到底住着什么人?那里的人是不是只能穿一种颜色的衣服?那里会不会也有同样的一个我?

我不听祖父的指挥又趴下,我把双手放在脸颊下,一双亮晶晶的眼睛侧视着芳香的泥土,充满了新奇的幻想。细碎柔软的泥土渗出厚厚的竹藤,无数细小的泥土粒就迎面扑来,拍打在脸上,麻麻的、柔柔的、凉凉的,很刺激,也很惬意。我把脸紧贴着如绸缎般的泥土细末,细嗅着泥土的清香。我兴奋地把手伸向后移的黄土中,像要遨游世界一样欢畅,也随祖父一起喊:"驾——驾——"黄牛时不时扭头回望我,得意自豪的神情告诉我，它也兴奋着我的兴奋，快乐着我的快乐。

窗外的阳光射进来，我合上书，仿若在这里活了几辈子，沧海桑田。

什么是美好？也许，回不去的时光就是美好。正如，泥土中的祖父祖母永远回不来一样……

今晚，灯光下我又铺开了纸张，趁着月色赶回去，带着疼爱让它们在我的词语上一次次再生，一句句传递，久久地，久久地流转于心。

星星的孩子

太阳从一个屋顶划过另一个屋顶,整个村庄的瓦片都被照得亮晃晃。公鸡扇动着翅膀从一个地方扑棱到另一个地方,在一群母鸡中寻觅着它钟情的那只。

六月,麦子黄了。

整个村庄都闻到了甜甜的麦香。祖母从门口牛粪堆上吹过来的风中,也闻到了。她知道,太阳再晒几天,就该收割了。

村北头的偏头爷爷,弓着腰,在自家庭院的磨刀石上,撩一把水,咔咔咔磨着歇了一年的镰刀,不时用大拇指在锋利的刀刃上左右摩挲几下。似乎,只有他才懂得这把镰刀能割多少亩地的麦子,能让他填饱多少次肚子。他畅想着丰收的景象:家里的仓满了,麻袋也用完了,装满麦子的蛇皮袋子堆满了整个厦屋。院子里、过道中、土炕上到处堆放着粮食,怎么吃也吃不完。他被自己哄乐了,哄得浑身都是劲。

天麻麻亮,祖父就套好牛和母亲去南塬割成熟的油菜了。祖父每年都会选择一片地种油菜,供应我们一家人一年的食用油。成熟的菜籽不像生长期时那样直挺挺的,这时,饱满的籽粒早已压弯了身躯,像个风烛残年的老人,被岁月压弯了腰,挣扎着匍匐在黄土地上。

祖父也畅想着一滴滴、一桶桶清香黄亮的菜籽油,这下,可以安安心心地给祖母烙多少次油饼,可以炒多少次青菜,可以吃多少老碗漂有油花的宽面条,可以蒸多少次油角角。畅想着,可以敞开让更多的"油水"流进他和祖母干涩委屈了一辈子的肠胃中,让祖母每天油光满面地厮守着他,正如他的祖祖辈辈的先人们厮守着这个村庄,正如天空厮守着大地。想到这些,祖父不停地挥舞着镰刀,任油菜坚硬的枝枝杈杈戳向他的手臂、大腿、脚跟,把一嘟噜一嘟噜沉甸甸的油菜抱上牛车,滴滴汗水、淡淡清香燃烧着他的心。

今天,我没有像平时那样欢实,因为我发烧了。

祖母让我躺在祖父的竹椅上,伸展着身子,上面盖了厚厚一层被子,捂得我热热的,一动也不能动。只有两个眼珠子翻动着,望着从天井里飞进来又飞出去的燕子。

祖母给我蒸了一碗鸡蛋羹,这可是丰厚的待遇了。家里的鸡是祖父给祖母养的,祖母却常常舍不得吃鸡蛋,把省下的都存在水泥粮仓下的黑瓦罐里,待攒够一满瓦罐,卖了,又换成我们肚里的酱醋茶。

屋檐下挂着丝丝缕缕的阳光,透过半空中的一张丝线分明的蜘蛛网,斜射出明亮耀眼的白光,洒满窄窄的整个天井。阿黄摇晃着尾巴,撅着屁股,将头耷拉着垂在地上的两个前爪上,蹲在我身边,嗷呜嗷呜,满含深情地瞅着我。

祖母搬来一个小木凳,把被子往上给我掖了掖。"出出汗，我娃就好了。"祖母用勺子尖把鸡蛋羹轻轻从中间一道一道慢慢划开，晶莹嫩滑的鸡蛋羹在祖母的手下，就像梯田的水稻一样，被勾勒出美妙曲线。祖母再用勺子尖轻轻地转动，嫩滑的方块鸡蛋羹像乡村田野上一块一块的麦田。

祖母总是怕凉，即使在盛夏。当别的老太太取掉头上的帕子，露出满头凌乱的白发，敞开身上的衫子，露出两个下垂干瘪的奶子时，祖母总显得与众不同。特别热的时候，祖母也会偶尔取掉头上的帕子，用一根祖父用柔韧的细藤条编织的中间夹有细铁丝的发卡，把一头乌黑的细发，整整齐齐地拢在后面。柔软的斜襟粗布长衫，祖母总是要在腰间系两根细细的一长一短的带子。藏青色的带子在腰间盈盈一系，两根绳带便在纤细的腰间轻盈着，为祖母柔弱的身姿平添几分柔美的风情。

在这个青瓦大院、粗陋贫瘠的乡村，祖母总是和别人有着不一样的美，举手投足间总是有一种想抓又抓不住的美，那是一种干净的、脱俗的、说也说不清的美。想必，祖母曾是多少男人心目中的佳人，难怪祖父对祖母百般宠爱。

放下碗筷，祖母再给我倒一碗白开水，用一个长把铁勺从大大的玻璃瓶中舀出一小勺白糖，用一根筷子轻轻地搅拌，末了，把筷子在碗沿点了点，再看着我喝完一大碗糖水。一会儿我就满身的汗，祖母依旧监督着我，不让我乱蹬被子。

"我会死吗？"我像是问着和死无关的事情。因为我不知道什么是死。阿黄咬着我的被角，呜呜地嚎着，似乎我说错了话。

"不会的。"祖母平淡地说，就如回答燕子已飞回来了之类问题一样平淡。

"那爷爷呢？爷爷会死吗？"

"不会的，爷爷也不会死。"祖母稍顿了顿，依然平淡地说。

"南头阿婆死了，她还会回来吗？"

"会的，即使她离开乡村一年了，她也会再次变成天上的星星回来，她不会忘记回乡村的路的。"

"如果忘了怎么办？"

"即使忘了，她也会顺着和她一起在这个乡村生活过的每个人、牛、狗、树、房子、田地、羊粪的气息和温度，摸索着回来的。"

我似乎明白了，又似乎没明白。

磨刀的偏头爷爷在麦收前死了，他到底还是未吃上新麦子。他在收麦子的路上，为了拦截冲向人群的一头发情的牛，结果连人带牛全掉进一个十米深的大沟里，脖子上淌满了血。

那天，全村的人都披麻戴孝给他送行，我同以往一样兴奋，看着这么多人围在一起，吃这么多好吃的。唯一不同的是，偏头爷爷睡在一个木头盒子里，没有和我们一起吃大块的肉，然后被村上很多男人用粗麻绳吊进了一个潮湿的大土坑里。偏头爷爷是个认真的人，认真地做着每一件事情，最后他也要让每一锹飞扬的黄土，认真地把自己裹严实。他怕黄鼠狼、大蚂蚁、蝈蝈偷吃了他棺材里的好东西。

他的子女们都悲痛地扑在这个刚堆起来的土堆上，嘴里不停地喊着："父亲，父亲……"号啕声如波浪似的拍打着吸饱了阳光的麦仁、树叶、青草，还有我的心。

牵着母亲手的我，也开始骚动了起来，在我心里极深邃的地方，迸出一种无名的痛苦。我极力抗拒，握紧拳头，扭着身子，拧着眉头，但痛苦没有丝毫减弱，反而变得越来越强，越来越恐怖。

带着不解的悲伤，我责怪祖母骗了我。

四十年后的今天，我不再问有关死的任何问题。因为祖父走了，祖母也走了。他们都上了南塬，入了土。不管我愿意还是不愿意，他们都走了。我听不到他们说话的声音，也听不到他们走路的声音。我找不到祖母给我蒸鸡蛋羹的那个碗，也摸不到祖父粗硬扎人的胡子。

四十年后的今天，我走在回家的路上，五百米远处的路口，再也没有瞅见过祖母的身影。

有时，我很想念他们，真的很想念。

一个人的晚上，我常常抬头看看星星。我知道，最亮的那颗就是祖母。她说过，她能闻见我的气息，找到我。

祖母没有骗我，他们一直都在，哪怕我七老八十，都在。只是，泪水顺着下巴，滴答，滴答……

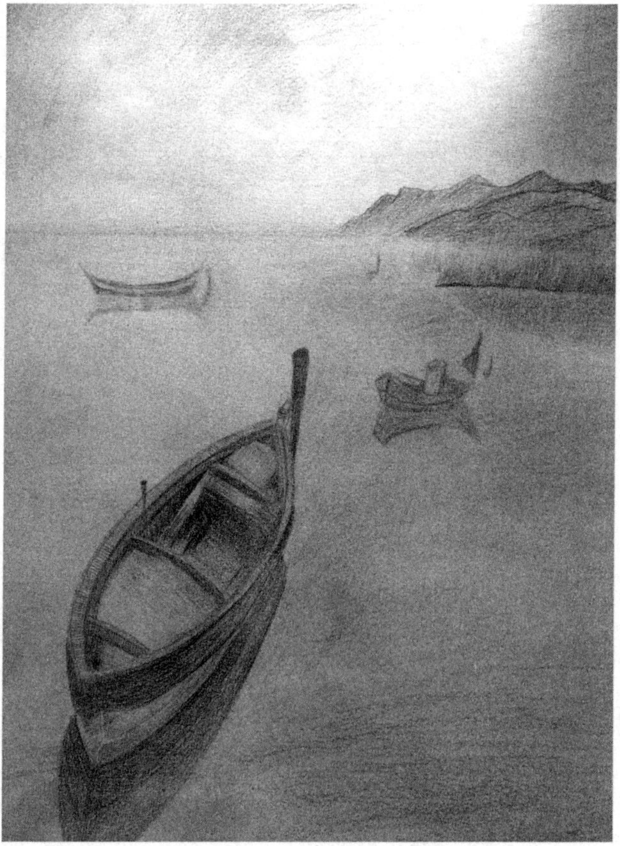